祓い屋・木津恵信の荒ぶる性欲

七川琴

Splush文庫

JN148139

contents

朝の地下鉄の車内は学生や勤め人で混み合っていた。視界の隅《すみ》ではサラリーマンがハンカチで首筋を拭《ぬぐ》っている。まだ六月だというのに、うだるような猛暑が続いていた。だが僕は暑さを感じていない。空調の風が吊革を握《にぎ》る手首を冷やす。

そっと視線を上げると、周囲に見えない壁でもあるかのように、ぽっかりとスペースができている。こんなにも混雑しているのに、僕を取り囲む彼らは少しでも僕から離れようと必死だ。うっかり僕の興味を引いてしまわないよう、皆息を潜《ひそ》め、目を逸《そ》らしている。

「ちんぽっ……」

唐突《とうとつ》に発せられた卑猥《ひわい》な言葉に、周囲の人間の身体がぎくりと強張《こわば》る。数秒遅れて、舌打ちが聞こえてきた。朝から変な奴と乗り合わせてしまったものだ、と思われているに違いない。僕もそう思えたら、どんなによかっただろう。だが無理だった。

なぜなら、これは僕の声だから。

「ち……んっ」

咽喉《のど》からまた破廉恥《はれんち》な言葉が迸《ほとばし》りそうになる。声を裏返らせながら必死で呑《の》み込んだ。

くそ、くそくそくそくそ！　くそったれ！

気休めとは知りつつも口を押さえずにはいられない。俯《うつむ》く僕に視線が突き刺さる。

「でかちっ……ん、……たてわれ……っけ……つっ……んこ！」

その間にも、指の隙間をこじ開けて声が漏《も》れ出た。往生際《おうじょうぎわ》の悪い僕を嘲笑《あざわら》うかのような、さっきよりも少し大きな声が。一体どういう仕組みになっているのか、どんなに強く押さえても抑え切れたことがない。下品極まりない言葉が車内の空気をさらに凍《い》てつかせてゆく。

ああ、もう嫌だ。なんでだよ。なんでだ。

目をきつく瞑《つむ》る。できることなら消えてしまいたかった。乗客一人一人の胸倉《むなぐら》を摑《つか》んで、違うんだ、僕じゃない、と叫びたかった。

僕じゃない、か。いや、これは僕だ。

「す、すみません……っ……すみ……ちんぽっ……っません」

必死で下を向き、誰とも目が合わないように気を付けながら何度も詫《わ》びる。しかし、口を開くだけで卑猥な言葉が飛び出してくるので、周囲のスペースはさらに広がった。

電車が止まった。ドアが開き、ざわめきと共に大勢の乗客が乗り込んでくる。僕をまだ知らない人達、ただそれだけのことが無性に怖かった。こめかみを脂汗が伝う。

「あっち空いてんじゃん、なんでもっと詰《つ》めねえの？」

誰かが不満げに漏らした。

「っおっぱい……っ……っ！」

だが次の瞬間には水を打ったように静まり返る。ややあってから「なに、変質者？」と聞こえた。言われ慣れているはずなのに堪《こた》える。鳩尾《みぞおち》のあたりが重たくなった。

横隔膜《おうかくまく》が痙攣《けいれん》する。またきた。抑えられない。

「ぱいずりっ……ぶっかけ……種付けプレス……」

怒涛《どとう》の卑語を浴びせられ、僕の一番近くにいた年配の女性は、酷《ひど》く気まずそうに、そっと僕に背を向けた。申し訳なくて死にそうだ。何度経験しても、なぜ自分ばかりが、こんなに惨《みじ》めな思いをしなければならないのかと自問せずにはいられない。そして、その答えもわかっていた。

これは僕にかけられた呪いだ。

僕は呪術や祈禱《きとう》を生業《なりわい》とする古い一族に生まれた。今は民俗学の研究者として大学に籍を置く傍《かたわ》ら、一族のツテで祓《はら》い屋のような仕事を請け負って食い扶持《ぶち》を稼いでいる。一族の中でも、そちらの方面のセンスに特に恵まれていたから、というよりは、この状態では通常の職に就《つ》くことが難しかったから、というのが主な理由だ。

先日、僕は呪術の専門家として警察から捜査への協力を要請された。今は呼び出されて警視庁へ向かう途中だ。

僕だって平日の通勤通学の時間帯に、都内の地下鉄を利用するのは避けたかった。普段はほとんど車を使っている。だが今日は先方から自家用車での来訪は避けるように言われてしまった。送迎してくれる人の都合もつかなかった。

タクシーを使うことも考えたが、以前、僕の言動を理由に乗車を拒否されたことがあり、それ以来タクシーは極力利用しないようにしている。自転車という手もあったのだが、ここ最近の異常な暑さを理由に大叔母《おおおば》に止められた。そこで仕方なく満員電車に乗り込んだ。

僕にかけられた呪いは「場に相応しくない下品な言葉が自らの意志で抑えられずに口をついて出てしまう」というものだ。小さい頃は排泄物《はいせつぶつ》についての言葉が多かったが、思春期以降はもっぱら性的なものに偏《かたよ》っている。

大抵は脈絡《みゃくらく》のない単語だ。言葉遊びのような単純な連想のことも多い。だが性的に興奮していたり、そういった妄想《もうそう》をしていたりすると、それがそのまま口から飛び出してしまう。おそらく、呪われている本人が自らの内に秘めておくべきことだと、それを言うのは恥ずかしいことだと思えば思うほど口から出てしまうのだろう。そういう呪いなのだ。

誰だってそういうことは考える。僕だけではない。出てしまう言葉が僕の品性をそのまま表すものではない。頭ではわかっていても、感情は納得しない。外の世界に出ることは僕にとって辱《はずかし》められることと同義だった。

実は普通の家庭の子供でも、呪いとは全く無関係に僕と似たような状態になることがある。言葉ではなく動作の場合もあるし、その両方のこともある。

それは育て方でどうにかなるものではなく、ましてや本人の精神的な問題のせいでもない。精神状態により悪化したり改善したりするので誤解されがちだが、根本的な原因は生物学的なもので脳の成長過程で生じる。それでも親達は悩む。

僕のこの状態が明らかになった時、両親も、かなり思いつめてしまったらしい。自分達の育て方が悪かったのでは、強く叱《しか》り過ぎたのでは、神経質に躾《しつけ》を行ったせいでは、と。

しかし僕の場合、そういった子供達と重なる部分もあったが、細かな点が異なっており、専門の医師によれば「おそらく、それとは違うもの」とのことだった。一体何が起きているのかさっぱりわからない、と言われ、両親は途方に暮れた。

そこで、父は自分の一族の特殊な事情を思い出した。父方の一族は、一定の確率で呪われた人間が生まれる家系だった。先祖の高僧が怨霊《おんりょう》の祟《たた》りを鎮《しず》め、疫病《えきびょう》と飢餓《きが》から民を救った代償に子孫が呪われることになった、とまことしやかに伝えられているが、なにしろ、あまりにも昔のことなので真偽のほどは定かではない。だが呪いは確実に現代にも伝わっていた。僕の大叔母も再従妹《はとこ》も僕とは違った形で呪われている。

大叔母に相談したところ、僕のこの状態は一族の呪いのせいであると判明した。

両親は病院を訪ね歩くのをやめ、今度はなんとかして僕の呪いを解こうと足掻《あが》いたが、一族の優れた術者達が千年以上にわたって挑み続けて解けなかった呪いが、少し勉強しただけの素人《しろうと》に解けるはずもなかった。

呪いが解けないまま僕は小学校に上がった。当然虐《いじ》められた。中学校ではさらに。高校では、いないものとして扱われた。大学では、あからさまな嫌がらせこそなかったが、親しい友人はできなかった。仕方ない。一人でぶつぶつと何か言っているだけでも不気味なのに、その内容ときたら、あまりにも卑猥なものばかりで明らかにまともではない。近寄りたいと思うわけがない。

何より、それまで家族以外の誰とも、まともな交友関係を作れずに過ごしてきてしまったということが、取り返しのつかないハンデとなっていた。

この呪いのいやらしいところは、一見すると自らの意志で呪いを制御することができそうに見えるところだ。確かに数十秒から二、三分は抑えることができる。だが、その後必ず反動のように激しく卑語を連発する羽目《はめ》になる。学生時代は式典などで下手に我慢《がまん》しようとして、酷い目に遭ったものだ。事情を知らない人間は僕を不届き者として散々に責めた。

また、これらの言葉が僕の頭の中と全く無関係ならば、まだ救いもあるのだが、残念ながら、そうではなかった。どんなに下品でありえないような言葉も、全て僕の脳から出てきたものに違いなく、僕が知らない言葉は決して出てこない。そのせいで僕は「呪いのせいなのだから仕方ない」とすっぱり割り切ることができなかった。

僕がもっと高潔《こうけつ》な魂の持ち主で、性的な事柄に一切興味を抱かないか、抱いたとしても、それをコントロールできる人間だったなら、と考えずにはいられない。

思春期前後からずっと、こうして自らの性的欲求と向き合い続けてきた僕は一時期、欲望を掻き立てる映像や文章などは全て忌避《きひ》していたことがある。

だが、それでも僕の中で暴れる性欲は消し去ることができなかった。結果として、悪戯《いたずら》ざかりの小学生のように性器を表す言葉を連呼するようになった。汚言は抑えられるどころか、欲求不満なせいか、それまでよりも酷くなったほどだった。

若かった僕はやさぐれた。

どんな卑語であっても、口から出てしまえば結果は同じだ。流暢《りゅうちょう》なスラングだろうが、たどたどしく発音される性器の医学用語だろうが、そういった言葉を人前で口にすること、それ自体がとんでもなく非常識なのだ。いくら禁欲的な生活を送っても、僕の周りには相変わらず誰も近寄ってこない。

馬鹿みたいだ。こんなに辛い思いをしているのに自慰《じい》すら好きにできないなんて。

そして僕は欲望に負けた。一人部屋に籠《こ》もり、その手の動画を大量にネットで漁《あさ》って、猿《さる》のように陰茎《いんけい》を扱《しご》きまくった。

これ以上我慢させられたら、陰茎か陰嚢《いんのう》が爆発して死んでしまうと本気で思っていた。冷静になれば、ただ自分を甘やかすだけの口実としか思えないし、今考えると馬鹿げているが。

けれど、すぐに後悔した。

確かに、どんな言葉を発しようと僕にとって大した違いはないだろう。どちらにせよ僕に近付く人間はいないのだから。けれど僕の周りにいる人達にとってはどうだ？

今この車内で、息を潜めて必死に僕の動向を窺《うかが》っている彼らのように、不幸にも偶然、居合わせてしまった人達にとっては?

ポルノに精通していなければ決して知り得ないような、どぎつい言葉ばかり呟《つぶや》く男と、子供のように性器を表す言葉を連呼するだけの男、正直どちらも御免被《ごめんこうむ》りたいが、どちらか選べと言われたら、後者の方がまだましだ。

自分を遠巻きにするからといって、どう思われても構わない、と投げやりになるのは身勝手というものだ。彼らは今この瞬間にも僕を不審に思っているはずで、この空間は居心地が悪いに決まっている。居心地が悪いで済めばまだいい。この車内には子供もいる。性犯罪の被害者だって含まれているかもしれない。彼らは一体どれだけの恐怖を僕に対して感じるのだろうか。それは嫌というほどわかっているのに、結局僕は欲望に抗《あらが》えず、たびたび卑猥な動画を見ては自慰に耽《ふけ》っている。

他人から抱かれる警戒心を少しでも減らすべく、せめて身なりだけは整えようと心掛けているが、どの程度効果があるものか。丁寧《ていねい》にアイロンを当てた細身の灰色のスラックス、ぴかぴかに磨《みが》かれた赤茶色の革靴のつま先を見て、僕はため息を吐いた。

「……っ!」

その時、悲鳴が聞こえたような気がして思わず顔を上げた。だが、僕と目が合った人達は慌《あわ》てて目を逸らすばかりで、異変に気付いた様子はない。彼らの態度に一瞬怯《ひる》んで俯くが、やはり我慢できずに車内を見渡した。かなり切羽詰《せっぱつ》まった声だったが、僕にしか聞こえていないのかもしれない。妙な一族に生まれたせいか、それとも山籠もりの修行のせいなのか、僕は人より少し耳がいい。気配にも敏感《びんかん》だった。

どこだ？　誰だ？

悲鳴の主を探した。周囲の人達は顔を引き攣《つ》らせ「この変態、今度は一体何だ？　勘弁してくれよ」と言わんばかりだ。警戒させて申し訳ないとは思うが、やめられない。

やがてドア付近に目が吸い寄せられた。僕からの距離は数メートル、その場所は通常通りの満員電車だ。ほとんど人の頭しか見えない。

背の低い女の子がドアに向かって立っている。白いシャツの肩がかろうじて見えた。その背後に男がいる。スーツ姿のサラリーマンだ。まだ若い。

何かが妙だった。動きが不自然だ。電車が揺れ、人々の身体が横へ流れた時だった。男性の手が少女のスカートの中に潜《もぐ》るのがはっきりと見えた。

痴漢《ちかん》だ。

どっと汗が出て全身の毛が逆立つ。

だが彼らを気にしているのは、どうやらこの車内では僕だけのようだ。下品な奇声を発する男（僕のことだ）にばかり注目していて彼らには目もくれない。

どうすればいいんだっけ。そうだ、とにかく声をかける。間に入る。

ネットで覚えた知識を総動員し、覚悟を決めて息を吸い込む。

「お……まんこっ……!?」

だが、口から飛び出したのは意図した言葉とは全く異なるものだった。しかも、かなりの大音量で叫んでしまった。今度こそ車内がざわつく。「今の何？」という声も聞こえる。

真っ赤になって口を押さえた。

馬鹿野郎！　よりによって今このタイミングで。

義憤《ぎふん》に駆《か》られていたはずの心がみるみるうちに萎《しぼ》んでいく。恥ずかしくて涙が滲んできた。僕の弱気が周囲にも伝わったのだろう。先程までは腫《は》れ物に触るような態度だった彼らが、今までの鬱憤《うっぷん》を晴らそうと口々に僕を非難し始めた。

「なんなの、あの人。朝からマジ最悪なんだけど」

「きも」

「どこから乗ってきたか見てた？　近所だったらやだな……」

僕が誰かを助けるなんて無理だ。何を言ったって無駄だ。どうせ誰も僕を信じない。こんな変態野郎の言うことなんか。

だが、視界の隅では依然《いぜん》として少女が無言で悲鳴を上げ続けていた。痴漢はおそらく車内のこの状況をわかった上でやっているのだ。今ならば誰も自分達に注目しないと。

他の人間にどう思われようと構わない。助けるんだ。

そう思うのに、どうしても声が出ない。また、妙なことを叫んでしまったらと思うと、身が竦《すく》んで動けなかった。手汗で吊革が滑《すべ》る。周囲の人々が怪訝《けげん》そうに僕を見ている。

僕が痴漢と少女の間に入ったら、絶対に余計なことを山ほど言うだろう。下手をすれば僕の方が犯罪者扱いされる。

この体質のせいで子供の頃からずっと笑われて生きてきた。遊びに誘ってもらえたことは、ほとんどない。試験は全て一人別室で受け、映画館にもプラネタリウムにも行けない。ずっとそうだった。慣れているはずだ。この期《ご》に及《およ》んでまだ僕は他人の目が気になるのか。違う。だからこそだ。恥《はじ》の記憶が僕をさらに臆病《おくびょう》にしている。情けない。

しかし、その葛藤《かっとう》は長くは続かなかった。次の駅に着いた時、少女が後ろを振り返った。

「さ、触らないでください！」

少女が痴漢を告発したのだ。そこで、ようやく車内の人々が彼らを見た。

大人の僕よりずっとこの少女は勇敢《ゆうかん》だった。

そう、少女だ。

振り返った彼女は思った以上に幼い。丸くて艶々《つやつや》した額《ひたい》に細い毛が汗で張り付いていて、キャラクターもののバッジが付いたカバンを持っていた。背が低いせいもあって、僕には彼女が中学生なのか高校生なのかもわからない。ある程度大人になってしまうと、子育て中でもない限りは、見ただけで子供の年齢を言い当てるのは難しくなる。

つまり、それほど子供だということだ。

その子供は今、必死になって性犯罪者に立ち向かっていた。

「こ、この人痴漢です！　降りて、い、一緒に来てください」

「は、い、いや……何言ってんの？」

痴漢はそれなりに動揺《どうよう》しているようだが、半笑いだった。完全に目の前の人間を侮《あなど》っている。いや、彼にとって少女は同じ人間ですらない。彼の世界の膜《まく》一枚外側にある、人間ではない何か、ネットで無料配信される動画のようなものだ。その動画が急に怒り出し、画面の中から話しかけてきたので戸惑《とまど》っている、といったところか。

その態度は当然彼女の逆鱗《げきりん》に触れた。少女の頬に赤みが差す。

「いいから、来いよ！　警察だよ！　この変態！」

少女が金切り声で叫んだ。怒りで彼女の拳《こぶし》が震えている。

少女の荒い言葉遣いに周囲の人が眉《まゆ》を顰《ひそ》めた。それを見て痴漢の頬がにやりと歪《ゆが》む。

この野郎。

彼は今、少女の甲高《かんだか》い声を聞き、今後の行動指針を決めた。しらばっくれるつもりだ。

電車が止まって、はっと我に返った。僕が降りる駅だ。

「……っ来いっつってんの！」

「わ……っ」

少女は降りる人の流れに乗って、ぐいと痴漢の手を引いた。虚を衝かれて逆らえず、痴漢は少女と一緒に電車を降りた。僕もそれについて行く格好になる。

ホームに降りても少女は痴漢の手を離さない。

「警察、呼びますから！」

少女の声で周囲がざわつく。僕を含めて何人もの人間が足を止める。痴漢は周囲を見渡して慌て始めた。

「……っ俺は何もしてねえって……いてえな！　遅刻するっ……から、離せって、このっ」

そこへ忙《せわ》しない足音が聞こえてきた。誰かが知らせたのか、それとも騒ぎを聞きつけたのか、駅員が駆け寄ってくる。痴漢は慌てて乱暴に少女の手を振り払った。

「いっ……た！」

「どうしました!?　大丈夫ですか？」

駅員は手を庇《かば》う少女ではなく、まず痴漢に問う。痴漢が答えた。

「いや、僕にもよく……」

困惑したような声、眉を下げて頭を掻く仕草、よくもそんな真似《まね》ができたものだ。面の皮の厚さに恐れ入る。

「君、どうしたの？」

その駅員は次に少女に対しても尋《たず》ねた。

「その人が、わ、私のお尻を触りました。後ろから、何度も！」

「そうなんですか？」

駅員はちらりと少女の剥《む》き出しの脚《あし》に視線を落としてから、痴漢に対して妙に丁重な態度で問い正す。

「えっと、確かに後ろにいましたし、混んでましたから、多少鞄《かばん》がぶつかったかもしれませんけど」

事情を知らなければ僕でも騙《だま》されそうになるほど自信に満ちた態度だった。

「だそうですけど」

「嘘《うそ》吐くなよ！　ほ、本当に何度も……何度も……こいつ、この痴漢野郎が……っ」

「ちょっとちょっと、落ち着いて。勘違いってことは？」

「とにかく、僕はやってません。もういいですよね？　会社に遅れるので失礼します」

痴漢はきっぱりと言い切って、歩いて立ち去ろうとしている。しかし駅員は彼の腕を摑もうともしない。

取り乱して攻撃的になっている少女の訴えよりも、落ち着き払った成人男性の言い分の方が、世の中では説得力を持つのだと、この痴漢はよく知っているのだ。事を荒立てたくないタイプの駅員の場合には特に。

少女の顔が歪んだ。

「ふ、ふざっけんな！」

きっと彼女はすでに自分の旗色が悪いことに気が付いている。一体どれだけ悔しいだろうか。けれど、どうしようもない。こんな時どのように対処すべきか、誰も彼女に教えてはくれなかった。たとえ教えられていたとしても、痴漢の被害に遭うというだけでショックだったはずだ。今こうして気丈に立ち向かっているだけでも称賛に値する。彼女はまだ子供なのに。

「遅刻確定ですよ、ったく」

少女は痴漢を睨《にら》むが、痴漢はそもそも彼女を見ない。駅員の方しか見ていない。駅員もまた痴漢の方しか見ていない。

ああ、そうか。

彼らにとって少女は会話すべき相手ですらないのだ。

興奮している思春期の少女は、宥《なだ》めすかす対象であって、真面目な議論をする相手ではないと思っているのだ。とるに足らない、敵にもならない存在。当たり前の顔で性的に搾《さく》取《しゅ》するくせに、都合の悪い時は子供扱いする。彼女達の言葉を本気で捉《とら》えても馬鹿を見るだけと決めつけている。

まともな人間ではないと思っているのだ。

頭を殴られたような激しい衝動が僕を襲った。

「あああ……っ！」

完全に声が裏返っている。ボリュームも大き過ぎるし、震えている。

だが十分だ。痴漢は足を止めた。

「僕、見て……っ……まし……っ」

卑語が口をついて出そうになるのを必死で我慢しているせいで、上手く話せない。それでも人を掻き分け、なんとか彼らに近付く。痴漢が訝《いぶか》しげに振り返った。

「はあ？」

その時、痴漢の顔を初めて真正面から見た。

生白くて貧相な冷たい顔、他人を見下す顔だ。

僕は一時的に、呪われたこの身のことは忘れていた。

「あなたが痴漢するのを見てました」

痴漢の顔色がさっと変わった。

「手が彼女のスカートに」

「いや、そんな……何言ってるんですか！　そんなわけないでしょう。なんですか、あんた、いきなり来て……」

狼狽《うろた》えて逆上している痴漢に腕を摑まれそうになるが、逆に摑み返す。痴漢の顔が驚愕《きょうがく》に歪んだ。しまった、という顔だ。馬鹿め。絶対に逃がすものか。

「そうですよね？」

僕は痴漢を無視して少女に問いかけた。少女は突然の援護射撃にぽかんとしていたが、やがて彼女の目が潤《うる》んでいく。ややあってから、彼女は口をぎゅっと閉じて頷《うなず》いた。

少しだけ笑おうとして失敗した。馬鹿みたいに顔の筋肉が強張《こわば》っている。

「えっと、近くにいらっしゃったんですか？」

駅員が困惑したように僕と痴漢を交互に見た。

「いえ、そんなには。でも電車が揺れて一瞬だけ見えました。動きが変だったので、そっちの方を観察していたんです」

「はぁ？　……んなわけねぇだろっ……なに、適当なこと……っ」

それを聞いて痴漢はいきり立つ。だが、僕に何か言い返そうと口を開くが唇《くちびる》が震えるだけで、声になっていなかった。目が泳いでいる。彼は哀《あわ》れなほどに狼狽えていた。

いいぞ。

僕は心の中でほくそ笑んだ。

先程までは、ふてぶてしい態度だったが、それほど肝は据《す》わっていないらしい。目撃者が現れても嘘を吐き続けるだけの根性はないようだ。ストライプの袖口《そでぐち》と黒い革時計も見えた、と続けようとした時だった。

たぶん僕は油断した。卑劣《ひれつ》な犯罪者に一泡吹かせてやった、と他人を叩きのめす喜びに溺《おぼ》れた。だからきっと天罰が下ったのだ。

「ストライ……っムチ尻……っ!?」

「え？」

「は？」

「何て？」

しまった！

慌てて片手で口を押さえる。

「ち、違う……これは、その……っ、けつデカ処女マン」

「……っ!?」

次の一言で、少女は真っ青になって後ずさりした。

「す、すみません……これは、その、ちが……っ呪いでっ……アナル初体験！」

完全にパニック状態に陥《おちい》った僕は、いつも以上に挙動不審になり、支離滅裂《しりめつれつ》な言い訳をしてしまう。

なんだよ、呪いって。いきなり、そんな事言っても伝わるわけないだろ！

「おしり……けつまんこ！」

そして、それに追い打ちをかけるように、卑猥な言葉が次々と口から飛び出す。しかも

「少女の尻を触る痴漢」から連想して脳が勝手に単語を選ぶものだから、大いに誤解を生んでしまう。先程まで興奮で抑えられていた分の反動に加え、慌てたり動揺したりすると呪いの影響が強く出てしまうのも合わさって、止まらない。

気が付けば、駅員が僕を見る目も完全に不審者に対するそれに変わっていた。

「あ、あなた、なんなんですか、一体！」

するとと痴漢は口を塞《ふさ》ぐ僕を見て、勝ち誇ったように笑った。

「……そうか、ははは！　あんただったのか、変質者は。イケメンなのに勿体《もったい》ねえな」

「お知り合いですか？」

駅員に尋ねられ、痴漢はさっきまでの狼狽えようが嘘のように、滑《なめ》らかに話し出す。

「いや、知り合いじゃありません。いえね、今日いつも通りに電車に乗ったら変な奴がいまして。車内で大声で、ちんぽだとか、まんこだとか叫んでるのがさあ。混んでて誰なのかわからなかったんだけど、そっかそっか、あんただったのか、ぶはははは！」

大笑いだ。涙まで流している。痴漢は意地悪く聞き返してきた。

「結構離れてたよな？　本当に見たんですか？　見えるわけないと思うんですがね」

「み、見ました！　嘘じゃない」

「何か聞いた感じだと、俺よりずっと女子高生の尻に興味津々みたいだけど……あ、もしかして、ヒーローになりたくて嘘吐いちゃったってやつですか？　やめとけよ、こんなことしたって女子高生とは付き合えないよ。ケータイ小説じゃねえんだ」

一瞬、何を言っているのか本気でわからなかった。付き合う？　こんな子供と？

「つか、痴漢っていえば、あんただって露出狂みたいなもんだろ。言葉の」

だが、その言葉には黙り込むしかなかった。さすがに駅員が「ちょっと」と言って痴漢を窘《たしな》めるが、もはや駅員すら僕を笑っていた。後悔が押し寄せてくる。

やっぱり、やめればよかった。どうして、僕が助けなきゃ、なんて思ったんだ。大人しくしていればよかったのに。これじゃ、加勢するどころか逆効果だ。

少女も軽蔑《けいべつ》しきった顔で僕を見ていた。彼女にとって僕はもう痴漢と同列の人間になってしまったのだ。だが、僕としては同じ主張を繰り返すしかなかった。

「あなたの、す、ストライプ……レイプ！　違う、今のは無視してください。縞《しま》の袖口と、黒い革の……仮性包茎《かせいほうけい》……っ腕時計……も……っ」

一度始めたらもう引き返せない。ここで引き下がれば、僕はただの嘘吐きの変態だ。

いや、そんなことはどうでもいい。痴漢に罪を認めさせることが非常に難しくなってしまう。僕のせいで。泣き寝入りなどさせたら、きっと少女は世界を信用できなくなる。

「つか、さっきから、痛てえんだよ。おい、離せっつってんだろ！　暴行で訴えるぞ！」

痴漢が腕に力を籠めるが、離さなかった。せめて警察が来るまでは僕がこの男を確保していなければ。微物検査というのか、僕はよく知らないが、科学的に痴漢を裏付ける方法もあると聞く。悲壮《ひそう》な決意で、たどたどしい目撃証言を続けようとした時だった。

大きな手が僕と痴漢の肩に置かれた。

「どうしたんですか、お兄さんがた。穏《おだ》やかじゃないな」

落ち着いた低い声だ。ワイシャツ姿の大柄な男性がこちらを見下ろしている。年は四十代前半ぐらいだろう。彼は素早く警察手帳を見せた。刑事だ。仕事中に偶然居合わせたのかもしれない。ありえない話ではなかった。考えてみれば、ここは警視庁の最寄り駅だ。目の前の男はそんな路線で痴漢行為に及んでいたわけか。大胆というか馬鹿というか。

「どうも。おはようございます」

その刑事は振り返ると少女に向かって丁寧に挨拶《あいさつ》した。一瞬だけ彼の強面《こわもて》がふっと緩《ゆる》み、びっくりするほど優しい顔になる。子供を安心させるための顔だ。少女は傍目《はため》にもわかるほど肩の力を抜いた。

「なんだか、揉《も》めてらっしゃるようだったので心配になって、何かありました？」

「あ、ど、どうも！　お疲れさまです！　実は……」

駅員が姿勢を正し、経緯を説明し始める。痴漢は勢いを失い、複雑な表情で黙りこくっていた。刑事の体格のよさを見て、すでに抵抗する気は失せているようだ。僕が手を離しても逃げようとする素振りはない。

だが僕は、それどころではなかった。突然現れたその刑事に目を奪われていた。

駅員の要領を得ない説明を辛抱《しんぼう》強く聞いている、その思慮深い横顔。

黒い髪は短く刈られ、少し寝癖が付いている。整ってはいるが、かなり厳《いか》つい顔だ。目と眉の距離が近く、頬が広い。無精髭《ぶしょうひげ》が目立つ。目付きは鋭《するど》いが、寂《さび》しげな陰《かげ》りがあり、口元や頬には疲れが見て取れる。それがいっそう彼の魅力《みりょく》を引き立てている。

髭はもしかしたら伸ばしている途中なのだろうか、ただ無造作《むぞうさ》に生やしているだけなのだとしたら自然の奇跡だ。完璧だった。そして男らしく野性味溢れる顔立ちに、右の目元の泣き黒子《ぼくろ》、むしゃぶり付きたくなるほど色っぽい。

身体つきも素晴らしい。張った肩、厚い胸板、盛り上がった三角筋、引き締まった艶《なま》めかしくも逞《たくま》しい腰のライン、丸太のように太い腿《もも》、全てが僕を魅了する。

まさに理想だ。

僕はぼうっと彼に見惚《みと》れて言葉を忘れた。

「……っんだ、この人、むちゃくちゃエロい……っ」

……などということは全然なかった。

刑事が訝しげに僕をちらりと見た。好意的な視線ではなかったが、ぞくりとするような艶っぽい流し目だ。そこで僕はようやく自分の発言に気が付いた。慌てて両手で口を塞ぐ。

駅員が気付いて刑事に説明する。

「あ、ああ……彼は痴漢を目撃したと言ってるんですが、さっきからずっとあの調子で」

もう僕の奇行には慣れてしまったのか、駅員は苦笑いだ。

「っ……い、一発ヤりてえ……チンポしゃぶらせろ……っ!?　す、す、すみません！」

なんてこと言ってんだ僕は！

支離滅裂な単語の羅列《られつ》ではなくて、はっきりとした願望が口を衝いて出る。あまりの生々しさに自分でも狼狽えてしまう。

「……っ刑事さんのおっぱいすげえ、パイズリできそう、ワイシャツぱつぱつ」

まずいまずいと思えば思うほど止まらない。

だが、僕の発言で駅員が「あれ？」という顔をした。少女も違和感に気付いたようだ。

「ほ、本当にすみません。自分じゃ止められな……刑事さんのデカい尻にぶっかけたい！うおわっ、わ、わざとじゃないんです。こういう……癖《くせ》……っていうか、その」

刑事の眉間に皺《しわ》が寄る。僕がふざけていると思ったに違いない。

「あんた……子供の前で何を」

低い声で唸《うな》りながら向き直り、さりげなく少女を背に庇っている。険《けわ》しい表情をすると彼の本来の強面が露《あら》わになった。気の弱い人間なら彼に詰め寄られただけで漏らすかもしれない。だが、凄《すさ》まじく美しかった。刑事と目が合った瞬間、胸の深いところを掴まれたように何も考えられなくなる。

気が付くと僕は叫んでいた。

「す、好きだ!!」

その場にいる全員が振り返るほどの大声が響き渡った。騒がしかったはずの朝のプラットホームが一瞬にして静まり返る。

叫んだ僕自身も驚いた。卑猥でないことを呪いに言わされたのは初めてだった。

刑事は唖然《あぜん》としていたが、数秒遅れて顔を真っ赤にした。そして、彼は即座に自らが赤くなったことに狼狽えたようだ。

「な……っ!? ……なに、言って……」

僕を睨みつけていた刑事の視線が弱くなり、じわりと目が潤む。その様が、あまりにも無防備で目が離せない。眩暈《めまい》がしそうなほど可愛い。

「す……すみません。変な事言って。僕はこういう……っ体質というか。自分じゃ抑えられないんです。刑事さんが……すごく、可愛いから……っすみません!」

可愛いという言葉で刑事が目を剝いたので慌ててもう一度謝る。

「あまりにも……か……カッコよかったので、びっくりして。あなたを侮辱《ぶじょく》するつもりはないです! 信じてください!」

すかさず早口で伝えた。目を伏せて続ける。

「そ、それから、僕は、その……今ので、なんとなくわかったかと思いますが、女子高生? 女子中学生? のお尻には全然興味がありません」

それを聞いた痴漢は口をぽかんと開けた。

「もちろん、付き合いたいとかそういうことも考えていません。ていうか、それ以前に子供じゃないですか。何を言ってるんだ、あなた方は」

駅員が困惑したように頭を掻く。

「痴漢から連想して誤解されるような事を言ってしまいましたが、女の子にこんな酷い言葉を聞かせて申し訳ないと思っています。僕の興味があるのは……」

勢いで言ってしまったが、その先は言えなかった。言えば刑事をまた狼狽えさせてしまうとわかっていた。もう彼に気まずい思いをさせたくない。

「……無精髭すげえイイ……おっぱい吸いたい……っだっ！　……くそっ」

そう思ったはずなのに、気が緩んだ瞬間にまた口が暴れ出したので、僕の気遣いは完全に無駄になった。米つきバッタのように何度も頭を下げる。

「……す、すみません！　ほ、本当に申し訳ありませ……っ」

「も、もういい！　いいから！」

刑事は顔を背《そむ》けたまま、僕の方に手の平を向けて謝罪を遮《さえぎ》った。耳と首筋が真っ赤だ。

「わ、わかった！　わかりました。いや、わかりませんが、事情はなんとなくわかりました。言いたくて言ってるわけじゃないなら謝らなくて結構。……それで、見たんですね？」

なんと彼はこんな状況でも公正な態度を貫《つらぬ》くつもりらしかった。口をへの字にして明後日の方を見上げ、僕から目を逸らしている。

「え、あ、はい……そこの男性が彼女のスカートに手を入れているところを」

見ると少女も、もはや僕に対して怯《おび》えた目は向けていなかった。

「で、ストライプの袖と、黒い革の腕時計……」

刑事が引き継いだ。彼は僕の先程の発言を聞いていたらしい。すでに彼の顔から狼狽《ろうばい》は消え失せ、有能な刑事の顔に戻っている。

「……っ」

刑事の視線を受けて痴漢は咄嗟《とっさ》に自らの手を後ろに回した。今、彼の腕時計は袖の下に隠れているというのに。それを見て刑事が意味ありげに笑う。男性は自らの失態に気が付いて青ざめる。完全に痴漢側に肩入れしていたはずの駅員も、今は彼に疑いの眼差《まなざ》しを向けている。形勢逆転だった。だが、張り詰めた空気はすぐに霧散《むさん》する。

「刑事さんの太もも、すっげえ、ちんぽでかそう……っ……」

僕の破廉恥な口がまた粗相《そそう》をしたからだ。刑事はぎくりと身体を強張らせる。

僕は目を白黒させながら口を手で覆《おお》った。

「あ、いたいた！」

すると階段の方から声が聞こえてきた。

若い男性の駅員が女性の警察官を伴《ともな》って駆けてくる。

「通報を受けました。お待たせしてすみません。さ、こちらへどうぞ」

若い駅員が少女に対しても敬語を使うのを見て、なんとなくほっとする。

「遅くなりまして」

女性警官は刑事に気が付くと笑顔で敬礼した。知り合いらしい。

「どうも、お疲れさまです」

「お、おう、ご苦労さん。じゃあ、俺はもう必要ないな」

刑事は女性警官を見ると作り笑いを浮かべて、そそくさと立ち去ろうとする。

「え？　どうせ暇なんでしょう？　聴取を手伝ってくれてもいいんですよ」

彼女は冗談めかして、そんなことを言うが、刑事はにべもない。

「馬鹿言え、可愛い後輩の仕事取ったりしねえよ」

そして刑事は、僕の言動についても含め、だいたいの事情を女性警官に早口で申し送った。僕が彼に対して並々ならぬ性的欲望を抱いているという点は伏せて。

「あれ、先輩、なんか顔赤くないですか？」

「っこれは、あ、あ、暑いからだよ！　クソったれ……」

女性警官の言葉に、刑事は慌てたように顔をゴシゴシと拭うと怒鳴《どな》った。

「……ったく、俺は本当にもう行くからな！」

女性警官は刑事の態度に不思議そうな顔をしたが、刑事は追及から逃れるように、あたふたと去っていく。途中、何もない所で躓《つまず》いた。僕が何か余計なことを言う前に逃げ出したくて必死なのだ。知り合いに僕の彼に対する言動を聞かれたくないのだろう。無理もない。

そんな彼を見送ってスマートフォンを取り出し、面会相手に謝罪のメッセージを送った。これから最寄りの警察署で事情聴取が始まる。約束の時間には間に合いそうにない。

僕は木津恵信《こづけいしん》、二十九歳男性、職業は祓い屋兼大学職員、ゲイである。

こんな呪いを受けているせいで、セクシャリティを隠そうと思ったことはないし、隠せたこともない。だが、なぜか大抵の人は何の根拠もなく、始めは僕を異性愛者だと思うようだ。きっと僕だけでなく他の誰のことも、彼らはそう思うのだろう。

僕の言う「おっぱい」とは「雄っぱい」であり男性の胸筋のことであるし、「パイズリ」とは、鍛え上げた胸筋に陰茎を擦《こす》り付ける行為を意味し、「おしり」は「雄尻」、「おまんこ」は「雄まんこ」で、「雄まんこ」も「ケツまんこ」も男性の肛門および直腸を指している。そう呼称することの是非はともかくとして、僕がよく目にするメディアではそう呼ばれているから、つい言葉が出てしまう。

先日、僕は筋骨逞しい男性が精液塗《まみ》れになって複数の男性に犯されるゲイビデオを見ていた。「建築作業員、夜の下克上《げこくじょう》、現場監督は公衆便所!?～でか尻処女マン雌《めす》イキ地獄～」というタイトルだった気がする。初めて、という触れ込みのモデルが太い声で喘《あえ》いでいた。

僕の今日の一連の発言は、その内容が如実《にょじつ》に表れた結果だ。

痴漢の目撃証言を信用してもらえたのは、つまるところ僕がゲイだからだった。それについてはありがたかったが、恋をした瞬間に失恋した。

失恋、頭の中に浮かんだ言葉に思いのほかダメージを受ける。

そうか、僕は失恋したのか。

こんなことには慣れている、と自分を慰《なぐさ》めようとしたが無理だった。蔑《さげす》まれ、嫌がられることにはもちろん慣れている。だが、そもそも人と接する機会自体が多くないので、一目《ひと》惚《め》れ《ぼ》には慣れてはいない。

そして、あんな風にあっさりと謝罪を受け入れ、僕の話を聞いてくれようとする人に出会うことだって……全然、慣れてなんかいない。


正直言って、僕は痴漢の目撃証言にかこつけて、警察関係者との約束を延期したいところだった。早く家に帰って失恋の痛手を癒《い》やしたい。しかし、女性警官は簡単に話を聞いただけで、僕を解放した。僕がこの後会う予定の相手からお達しがあったようだ。

「総務部長から直々に言われちゃ仕方ないですね。必要な時は後で連絡します」

女性警官はにっこりと笑った。笑う彼女の後ろに、項垂《うなだ》れている痴漢がちらりと見えた。

暗い目で床を睨んでいる。警官が目を離した隙に演技をやめたのだろうか。ずいぶんと物騒《ぶっそう》な目つきだ。しおらしく反省しているとは、とても思えない。

「ご配慮いただきまして……ミニスカポリス……っ」

目の前で女性の笑顔が引き攣る。

「……っ失礼、ありがとうございました。ご連絡お待ちしております」

彼女に答えた後で、素早く呪詛《じゅそ》を唱《とな》える。その瞬間、痴漢の身体がびくんと強張った。

一瞬痴漢の眼球が裏返って白目が見える。

「え？」

よく聞こえなかったのだろう。女性警官が聞き返すが、僕が謝ると曖昧《あいまい》な笑顔で頷いた。また何か卑語を言ったのだと思ってくれたようだ。こういう時、僕にかけられた呪いは案外都合がいい。

大した呪いではない。暗示に近いかもしれない。痴漢が逆恨みして被害者の少女への報復を考えると、復讐心が僕への恐怖心に変換されるようにしただけだ。普段は使わないようにしているのだが、今回は特別だ。僕の助けが遅れたせいで、被害者の少女は自分で痴漢を告発せざるを得なくなった。少女の氏名は加害者に知られてしまう。

試しに痴漢に笑いかけてみた。すると彼は取調室の中で椅子《いす》を蹴《け》り倒して僕から逃げようとした。もう僕を怖がっているところを見ると、呪いをかけておいて正解だったようだ。

「ちょっと！　何してるの!?」

女性警官に取り押さえられる痴漢を尻目に僕は警察署を後にした。そして、結局ものの十分も遅れずに、警視庁本部の受付へたどり着いた。

受付では怪しまれた。もちろん僕の言動のせいだ。いつものことなので、身分証の類《たぐい》を山ほど手元に準備し、大人しく待つ。職員が警備員を呼ぼうとした時に、男性が大慌てで駆け寄ってきた。彼は僕の異様な言動には驚かない。事情を知っているらしい。非常に丁寧な態度で謝罪され、奥へ通された。

彼は僕が地下鉄に乗ってきたことを知って驚いたようだ。理由を尋ねられ、ありのままに答えると、彼は悪態を吐き、深く頭を下げた。僕は大袈裟《おおげさ》な謝罪の理由がわからず、ただ恐縮していた。

案内された会議室で何の脈絡もなく下品な言葉を繰り返しながら、待つこと数分、今のうちに用を足しておこうか、などと思っていると、眼鏡《めがね》をかけた女性がやってきた。白髪が目立つが顔立ちは若い。僕をここに呼びつけた張本人、警視庁総務部長の矢代《やしろ》だ。

「捜査一課長も同席させる予定だったのですが、都合がつかず申し訳ありません」

矢代は部屋に入るなり謝罪した。言葉にも動作にも、全く無駄がない。忙しそうだ。便所へ行きたいなどと言い出せる雰囲気ではなかった。

「こちらこそ、遅くなりまして」

先程僕を案内した男性が、いつの間にかお茶を用意してくれていた。手元に置かれた書類には「警視庁刑事部捜査一課厭魅《えんみ》係の開設にあたって」と書かれている。

矢代は腰を下ろすと大きく息を吐いた。

「本日はお忙しい中お越しいただき、ありがとうございます。先日書面でもお伝えしましたが、木津先生に警視庁のアドバイザーになっていただきたいのです」


呪術は太古の昔から世界中で人類に多大なる影響を与えてきた。時代によってはそれが政治の要《かなめ》であったこともあるほどだ。だが、科学の発達した現代ではその影響力は薄れ、宗教的な行事や冠婚葬祭に面影《おもかげ》を残すのみとなった。効力を信じて呪いを行《おこな》う者がいたとしても、狂信者や一部の好事家に限られていた。

しかし近年、呪術の存在が実証され、その状況が一変する。

世界中で様々な実験や統計学的手法により、呪いの力は確かに存在するという事が示されたのだ。日本では地鎮祭《じちんさい》の効果に関する大規模比較試験が有名だ。

こうして呪術はオカルティズムから脱し、科学の光を当てられるに至り、世界中の学術機関で呪術に関する研究が始まった。

だが、それはあくまで表社会での話だった。裏社会では呪術の効力が実際にあるという事実は、かなり昔から広く受け入れられていた。

きったはったの世界に生きるやくざ者は、願掛けやジンクスを好む傾向にあり、元から呪術との親和性が高かった。ましてやそれが、実際に人を殺すこともできるとなればなおさらだ。彼らは驚くほどの執念で僧侶や修験者に陰陽師《おんみょうじ》、巫女《みこ》、イタコなど、ありとあらゆる宗派の術者を抱き込み呪術を調べ上げた。

彼らの世界では一般的な倫理観や社会常識を時に無視することができる。正気の人間ならば決して試みないような残虐《ざんぎゃく》な手順すらも、彼らは暴力を背景に可能にしてしまう。

そうして愚直《ぐちょく》に試行と失敗を繰り返し、既存の呪いを改造したり、複数の呪いの要素を組み合わせたりして、効力を高めた新たな呪術を生み出すまでに至っていた。これらの強力な新興呪術はかなりの数にのぼり、殺人を含めた犯罪に使用されるようになった。

昨今では暴力団が覚せい剤を一般人に売りつけるように、呪具を売買することもあるらしい。今や暴力団の主要な収入源は覚せい剤、特殊詐欺、賭博《とばく》、売春などに加えて、呪術が大きな割合を占めているという。

とはいえ、つい最近まで世間では相変わらず呪術は迷信扱いされており、犯罪捜査の場では、その影響を考慮することすら馬鹿らしいと思われていた。何枚もの呪符が死体の頭を飾っていても、黒く塗《ぬ》りつぶされた曼荼羅《まんだら》を懐《ふところ》に抱いたままの遺体があっても、焚《た》き染めた香《こう》で血の匂いすらわからなくなるような異様な現場でも、「まさか呪い殺されたなどという事があるはずはない」、それで終わりだった。

呪術のフィールドにおいて表社会は裏社会に大きく後れを取っていたのである。

事態を憂《うれ》いた識者の働きかけと、現代科学の考え方を用いた呪術へのアプローチが実を結び、ようやく呪術が銃や麻薬と同じく現実的な脅威《きょうい》として世間に認められつつあった。呪術を用いた犯罪の存在が認知され、今まさに呪術の知識をもとに、系統だった捜査が始められようとしていた。

「というわけで、呪術関連犯罪を専門とする部署が全国に先駆けて警視庁に創設されました。それが、警視庁捜査一課厭魅係です」

厭魅とは術を用いて人を呪い殺すことだ。

「ゆくゆくは呪術に関連する全ての犯罪を網羅《もうら》したいと考えていますが、試験運用ですので、まずは殺人事件やそれに相当するものに限って」

ゆえに管轄は捜査一課である。

「木津先生には彼らの顧問となっていただきたいのです。それから総務部を介して他の部署からも呪術関連の相談を受けていただくよう、お願いすると思います。嘱託《しょくたく》の警視庁職員の身分を用意しました。逮捕権限などはありませんが、警察の内部資料にアクセスできます」

いくつか書類にサインをさせられ、ＩＤカードを渡された。書類を返す時に、また卑猥な言葉が漏れ出る。

「……っオナホ部員……すみません」

吃逆《しゃっくり》のようだ。慌てて手で口を覆う。今まで僕の言動には反応せず、淡々と説明を続けていた矢代が、そこで初めて遠慮がちに目を伏せて苦笑した。

「本日はご自宅までお迎えに上がるつもりでしたが、ご自分で運転されるということだったので送迎はやめました。しかし、連絡に不備があり職員が電話口で通常と同じ対応をしてしまったようで……申し訳ございませんでした」

「えっ……そうだったんですか⁉」

衝撃の事実だった。本来なら、辛い思いをして電車に乗ってくる必要はなかったのだ。一体僕は何のために人に嘲笑われながら、あの拷問《ごうもん》のような時間を耐えたのか。

「今後は特に理由がない限り、職員が直接お宅に伺いますので、ご安心ください。現在捜査中の事件に関して、近日中にうちの者がお邪魔するかと思います」

次はぜひとも連携を徹底してほしい。僕について予備知識のない人間に事情を説明するのは骨が折れる。

「また、木津先生はいつでも我々の要請を拒否することができます。木津家としてのお仕事を優先させてください。この度はお話を受けてくださって本当にありがとうございました」

頭を下げられて、僕も慌ててお辞儀を返した。二十代の若造相手にずいぶんと下手に出るものだ。居心地が悪い。尿意を催《もよお》しているせいもあり、もじもじしてしまう。

「敦子《あつこ》様に前々から事情は伺っております」

矢代が僕の疑問に答えるように重々しく言った。敦子は僕の大叔母の名前だ。それで合点がいった。だから低姿勢なのか。詳しく聞いたことはないが、大叔母は彼らに大きな貸しがあるらしい。

「早速ですが、木津先生。今日わざわざ来ていただきましたのは、取り急ぎ、ご相談したい事があるからでして」

「あ、はい。伺っています」

警視庁には呪術に関連していると思しき遺留品や押収品が大量に保管されている。しかし、呪術の知識を持った者がおらず、分類もままならないので、無造作に地下室に放置されている状態だという。それぞれの呪具の効能がわからなければ、犯罪への関与について調べることができないのはもちろんだが、それ以上に危険だ。

「置いておくだけで、場所が汚されてしまう……尿道ブジー……っ失礼、ようなものもありますし、一般人は持っているだけで命が危険に晒《さら》されるような……黄金水っ……すみません……ものもあります」

卑語に邪魔されながら、なんとかそれだけ言う。今日一日で全てを詳しく調べることはできないが、目立って危険なものは僕が持ち帰り、保管場所に結界を張るように頼まれていた。

「準備して……っ飲尿プレイ……っきました」

だが、矢代は困ったように微笑んでいる。

「あの、木津先生、その前に、もしよろしければ、お手洗いなど……」

呪いのせいで僕の生理的な欲求は筒抜けだった。

「あ、ありがたく、お借りします」

……くそ、穴があったら入りたい。


保管場所は警視庁の敷地の外れにあるそうだ。職員が不用意に近付かないようにとの配慮だ。矢代は組織犯罪対策部、通称「組対」、暴力団に関連する事案を扱う部署へ僕を連れていき、担当職員と引き合わせた。彼は八重山《やえやま》と名乗った。組対の刑事だそうだ。呪物の管理を任されていると言う。彼が案内してくれるらしい。

ごま塩頭を五分刈りにした小柄な男だ。飄々《ひょうひょう》としていて、腹の底が見えない。総務部長の矢代の前ではしおらしい態度だったが、彼女が去ると一変し、馴《な》れ馴れしい口調で話しかけてきた。

「思ったより若いやん！　いや、えらいイケメンやなあ」

八重山はにやにや笑いながら、僕の頭のてっぺんからつま先までを無遠慮に眺《なが》めた。

「背も高いし、シュッとしとる。おお、ええ時計しとるやんけ。僕の給料じゃ一生買えん。そんで金持ちなら、モテてモテてしょうがないんちゃう？」

「い、いいえ」

確かにそれなりに稼ぎはある。しかし、当たり前だが全然モテない。

「またまたぁ、拝《おが》み屋っちゅうんは、儲《もう》かるんやろ？　僕らの仕事とは大違い。僕ら、言うたら糞《くそ》まみれのドブ攫《さら》いみたいなもんですわ。そりゃそやな。クズどもの中でも選《え》りすぐりのクズにわざわざ好き好《この》んで関わらんでも、ええのになあ。お兄さんからするとアホみたいに見えるやろ」

八重山は自らをこき下ろして「がっはっは」と笑う。どう反応すればいいかわからない。

「ほな行こか。結構遠いで」

八重山は建物を出て歩き出す。暑いだの面倒臭いだのと文句を垂れながら僕の前を歩いていたが、やがて静かになった。沈黙が続くと、それはそれで居心地が悪い。耐え切れなくなったように卑語が口から飛び出した。

「包茎童貞ちんぽ……っす、すみませっ……」

口を押さえ、それでも出てしまうのをまた押さえ、それを何度か繰り返す。

「……っむけちん、グロちん」

「くっくっ」

僕の独り相撲《ずもう》をたっぷりと鑑賞した後で八重山が笑い出した。

「お兄さん、ちんぽが好きなんやな。僕はまんこの方が好きやけど」

僕は真っ赤になった。

「ちんぽっ……っでかちん」

だが八重山の言葉に触発されて、また口が暴れ出す。

「はっはっは、でかいチンポが好きか、お兄さんホモなんか？　僕のケツ狙わんといてね」

八重山は爆笑して、尻を手で隠してみせる。

僕は八重山という男が少し怖くなってきた。僕の言動に対して、大抵の大人は気まずそうにする。聞いていないふりをしながら、僕から離れようとする。こうして悪意を全く隠さずに、真正面から僕の言動を茶化して馬鹿にするような人間には、社会人になってからは、ほとんどお目にかかったことがなかった。子供だってもう少し優しい。

僕は警視庁から協力を要請されている一般市民だというのに、この態度。一体何が彼をそうさせるのか。八重山は怯える僕を見て、にやりと笑った。

「ちんぽ」

今の言葉は僕ではない。八重山だ。間髪《かんはつ》を容《い》れずに卑語が僕の口から飛び出した。

「……っ!?　カリ高凶悪ちんこ……ちんかすたっぷりイラマっ……」

「うわあ……綺麗《きれい》な顔してえぐいこと言うわ。聞いた言葉に反応するんやな。頭の中身が垂れ流しっちゅうわけか、おもろいなあ。ほな、まんこ」

「どすけべまんこっ……っけつまんこ、雌イキ地獄」

「へえ、まんこも嫌いやないんやな。ああ、ケツって、尻の穴の方か」

完全に玩具《おもちゃ》だ。思い通りになるまいと耐えようとしたが、口が勝手に動いて止まらない。

「ところてんっ……っ……潮吹き……っく」

涙目になって口を押さえ、俯く僕を八重山は面白そうに覗《のぞ》き込んだ。虫を観察するような目だった。

「なんや、悔《くや》しいんか？　ホモの変態野郎」

八重山は笑うのをやめて続けた。

「チンポ大好きのお坊ちゃん、お偉いさんに何言われたか知らんけど、僕らの邪魔はせんといてな。呪いだのなんだの、そないな訳わからんもんと関わらんでも、僕らずっと立派に仕事してきたんやから」

ようやく八重山の悪意の理由がわかった。

「いきなり、胡散臭《うさんくさ》い若造連れてこられて『お前らは今まで大事なこと、なんもわからんまま捜査しとった間抜けです。これからは先生によう教わるように』って、冗談やない」

次の瞬間、八重山は破顔した。

「なんてな！　お兄さん、えらい真面目そうやから、つい揶揄《からか》いたくなってしもて、堪忍《かんにん》な。矢代のおばちゃんには内緒にしといて。な、頼むわ」

さっきまでと打って変わって笑顔で背中をばんばん叩かれる。気安い仕草《しぐさ》だが、僕はもう居心地の悪さしか感じなかった。この悪ふざけを相手に無理やり呑み込ませるようなやり方は刑事の世界では普通なのだろうか。

「考えてみたら、あんたも上の連中に振り回されてるだけの被害者や」

「え……どういうことですか？」

「今日の顔合わせに、ふさふさした白髪のじじい、おった？　捜査一課長なんやけど」

首を振る。

「じじい、やっぱドタキャンしよったか。捜査一課に新しくできた……なんて言うん、あれ、読み方がわからん」

「厭魅係ですか？」

「せやせや、えんみ係、所属は捜査一課なんやから絶対おるべきやのに、あの頑固親父もなかなかやで、オカルトかぶれの矢代のおばちゃんに真正面から盾突いて」

一体何のことだ。怪訝な顔をしているのに気が付いた八重山が憐《あわ》れむように笑った。

「お詫びついでに教えといたる。お兄さんが面倒見たってねって頼まれとる厭魅係はな、御大層な名前は付いとるが、ほとんど実態なんかないねんで」

八重山によれば厭魅係は上層部の強い意向で作られた部署で、現場では呪術などという、いかがわしいものを正式に捜査に取り入れることに対して、まだ抵抗を感じている者が多いらしい。捜査一課長もそのうちの一人で、「まっとうな」事件で猫の手も借りたいほど忙しい捜査一課から人員を割《さ》けと命じられ、強く反発していたそうだ。

「今日出んかったのも抗議のつもりやろな」

そんな事情から厭魅係の常勤はたった一人、名ばかりの係長がいるだけだ。

「そいつと僕は一時期、一緒に働いとってな。優秀な奴やったで。組対で何年か働いた後で、捜査一課に異動になって、ノンキャリアの星とか言われてな」

八重山はその名ばかりの係長と面識があるようだ。

「でも何か知らんけど上を怒らせて、出世街道から転《ころ》がり落ちた。厭魅係は丁度いい厄介払いっちゅうわけや。干されたんや。今は暇そうにしとる。あいつも可哀想に」

八重山は歌うように言う。内容とは裏腹に酷く楽しそうだ。

「着いたで」

八重山が指差す方向には、古い三階建てのビルが建っている。中に入った八重山がスイッチを探す。ジジッと音がして、蛍光灯の青白い光が薄汚れた狭い廊下を照らした。

「関係者以外立ち入り禁止」と書かれた札を跨《また》いで地下へ向かう。

保管庫は教室ほどの広さの部屋だ。事務机を適当に壁際に寄せて作った中央のスペースに、ブルーシートが広げられ、その上に無秩序に品物が並べられていた。

証拠品や遺留品の保管場所としてはありえないほど雑然としている。この建物を引き払う時に、不要なガラクタを処分するのも面倒で、ここに残していっただけ、と言われても信じられそうだ。

総務部長からは感じ取れなかった警視庁の呪術に対する忌避感情が見えるようだった。できれば思い出したくもない、得体の知れないもの。自分達の仕事をかき乱す面倒な存在。その心証はそのまま僕と厭魅係に対しても当てはまるのだろう。

八重山に渡された白い手袋をはめ、いくつか手に取った。呪術と無関係の物もかなり含まれているが、それなりに危険なものもある。

「ほな、先生、お願いしますわ」

そう言って八重山は僕に断らずに煙草《たばこ》を取り出し、咥《くわ》えた。煙を吐き出し、にやにやしながら両手をポケットに突っ込んで壁に寄りかかっている。手伝う気は一切ないようだ。

呪術の専門家を名乗る若造が、滑稽《こっけい》な術を披露するのを眺めて嘲笑うつもりなのだろう。それは構わないが、喫煙《きつえん》はまずいのではなかろうか。ガラクタの山に見えるとはいっても、この中に重要な証拠品が含まれているのかもしれないのに。

しかし、言えば「へえ、こんなもんが重要な証拠やって言うんか?」と、線香が突き刺さった塩化ビニール製のカエルの人形や、半分焼けた木彫りの仏像を指して笑う気がした。それだけならまだしも、指で摘《つ》まみ上げられたり、足で小突かれたりされるのは困る。中には本物の呪具も紛《まぎ》れているからだ。あまり近寄りたくない人物には違いないが、危険な目に遭わせるのは気が進まない。

僕は黙って――。

「ローション……っマットプレイ……っ」

いや、たまに卑語を言いながら、一人で作業を開始した。

ここに保管された物品は大きく三つに分類できそうだ。一つ目は本物の呪具で今なお力を有しているもの、二つ目は本物ではあるが、すでに役目を終えて効力を失っているもの、三つ目はただのガラクタだ。

大叔母が僕をこの仕事に推薦したのには理由があった。彼女はほとんど見ただけで、呪いの性質を言い当てることができる。その能力を応用して、予言に近いこともやってのける。しかしそれは、今まさに力を発しているものに限られる。役目を終えた呪物などは大叔母では見分けることができない。

木津家の呪いを受けている僕は呪術に強い耐性があるものの、大叔母や再従妹のように持って生まれた特殊能力はなかった。だが、代わりに自ら学んで手に入れた古今東西の呪いに関する知識がある。

すごいな。

これだけの数の新興呪術の呪具を目にする機会はめったにない。八重山は呪術に関して懐疑的《かいぎてき》なようだし、扱いも酷いものだが、これらを組織犯罪対策部の刑事達が集めたのだとすれば、なかなかどうして大したものだ。呪術をなんとなくでも理解していなければなしえないことだ。暴力団と長年渡り合ってきただけのことはある。気が重いだけだと思っていた仕事だが、思わぬ収穫だった。スマートフォンを取り出して次々に写真を撮る。

「お兄さん、僕忙しいからねえ！」

八重山から怒鳴られ、我に返った。

「あっ……、は、はい……すみません」

細かい分類はまた今度だ。急いで本物の中でも特に危険性の高いものを鞄に入れ、麻縄を取り出した。再従妹の髪の毛が編み込んであり、木津家の本家でも同じものを土蔵に使用している。

麻縄を持ってブルーシートの周囲を歩く。後ろ足が前足を越すことがない独特の歩行法で、禹歩《うほ》と呼ばれる陰陽道の呪術だ。同時に麻縄をぐるりとブルーシートを囲うように置き、真言《しんごん》を唱える。この真言は天狐《てんこ》に力を借りるためのもので、あえて分類するなら密教系になる。新興呪術はやくざ者だけの専売特許ではない。

「お待たせしました」

「え、それだけなん？　この細い縄だけ？」

八重山は縄をつま先で触ろうとした。

「フェラ！」

「わ！」

僕の叫び声で八重山がよろけた。不用意に触れるな、と言いたかったのだが、例によってまた妙なことを口走ってしまう。それを聞いた八重山が噴《ふ》き出す。

「ぶははっ……ちょお、なんや、お兄さん。急に。僕のちんぽしゃぶりたいんか？」

「……っ違います。すみません、大声出して。その縄に触らないでください。危ないので」

「危ない？」

「正式な許可なく、……っ緊縛《きんばく》プレイ……床オナっ……っこの中に入って品物を持ち出したり、悪意を持って呪術を使用したり、この結界を壊そうとしたりすると……」

狐の仲間に魂を食われる、とは言えない。なんと表現すべきだろうか。

「……最悪の場合、その場で気絶して昏睡《こんすい》状態に」

「昏睡？　……寝てしまうんか？」

「そして死ぬまで目覚めません」

「ホンマか、危ないやん！」

「最悪の場合は……です。大抵はしばらくしたら目を覚まします……っ睡眠姦……っ目が覚めた後、精神状態がまともかどうかはわかりませんが」

「やっぱ危ないやんか！」

八重山は飛びのいた。呪術は信じていないのだと思っていたが。

「許可を受けていれば大丈夫ですから」

「そ、そうは言うても……なあ」

八重山は「くわばらくわばら」と言いながら自分の両肩を擦《さす》っている。意外と信心深い性質なのかもしれない。彼は僕を元いた場所まで送り届けると、逃げるように去っていった。

その後、総務部に向かい、矢代に報告を済ませて帰ろうとしたところ、総務部でも別個に呪物保管場所が欲しいと言われたので、彼女の執務室の金庫に同様の結界を施《ほどこ》してやった。

まだ昼だというのに疲れ切っていた。僕は人々に遠巻きにされながら、また地下鉄に乗り込んだ。車内は朝と比べるとだいぶ空いている。買い物袋を下げた年配の方や、親子連れが多い。人の少ない場所で吊革に摑まった。

窓には若い男が映っている。

身なりはいい。靴《くつ》も鞄も手入れが行き届いている。染めていない髪の毛は艶やかで、さらりとしている。唇は荒れていないし、肌は滑らかだ。目鼻立ちは整っている。白い頬には清潔感がある。顔は小さくて、手足が長い。育ちもよさそうだ。

だが、いつも怯えて緊張しているせいか目尻が険しくて、狭量《きょうりょう》で神経質そうに見える。今は口を閉じているが、開けば卑猥な言葉と共に、凶暴そうな八重歯《やえば》が露わになる。間違っても人好きのする外見ではない。剣呑《けんのん》で辛気臭《しんきくさ》い。

今日出会ったあの刑事も表情は決して明るいとは言えなかったが、僕とは全く違っていた。経験に裏打ちされた頼もしさは傲慢《ごうまん》さにはならず、彼の優しさに力を与えていた。少しの疲れ、そしてどこか悲しそうな雰囲気は寛大《かんだい》さとして表れていた。

「デカのすけべ尻……っ」

慌てて口を覆う。無意識にあの刑事のことを考えていた。

せめて名前が知りたかった。警察手帳をもっとよく見ておけば。

絶対に実らない恋だとわかっているのに、ついそんなことを考えてしまう。

このあたりをうろついていたら、また会えるのだろうか。いや、不審者として通報される方が早い。苦笑して首を振る。

痴漢の取り調べを担当したあの女性警官に聞いてみるのはどうだろう。お礼を言いたいとでも言って。遠くから顔を見るだけでもいいのだ。彼の事が知りたい。

「……ああ、やりてえな、ぶち犯したい。素股でもいいからやらせてくれ……っ！」

思わず口を押さえる。手の平が乾いた音を立て、車内の人々が僕を怪訝そうにちらりと見た。

冷《ひ》や水《みず》を浴《あ》びせられたような気分だ。

僕は、彼を一体何だと思っているのか。何が「素股でもいいから」だ。

ただ卑猥なだけの言葉は僕を挫《くじ》けさせるが、絶望させたりはしない。僕が嫌なのはこれだ。忌《い》むべき痴漢と同じ部分が確実に自分の中にもあると思い知らされることだ。

今朝、痴漢に対して憤《いきどお》った心に嘘はない。だが今日僕は、あの刑事が赤面しているのを見て、一瞬喜んでしまった。なんて可愛らしいんだ、と。相手は僕の奇妙な言動に狼狽して、当然嫌がっているし、もしかしたら恐怖さえ感じているかもしれないのに。きっとこれは痴漢と地続きの心理なのだ。

冷たくて、利己的で、下劣《げれつ》な欲望だ。相手の人格や感情を無視し、肉だとしか思わず、時に怯えさえも楽しんで、あの優しく公明正大な刑事を獲物《えもの》として扱おうとする。

誰とも心を通わせず、ゲイビデオだけを慰めにして生きてきたせいで歪んでしまったのか、それとも持って生まれた性質なのかはわからない。どちらにせよ、これが僕の本性だ。

たぶん僕は、これからしばらく、自慰をするたびに頭の中で彼の姿形を思い浮かべ、ありとあらゆる方法で犯す。悪い事と知りながら、きっとそれを自分に許してしまう。

僕にもわかっている。僕を本当に醜《みにく》くさせているのは呪いではない。

「あの尻で顔面騎乗……されてぇっ」

抑えても抑えても漏れてくる。自分の醜さを目の当たりにしたばかりの今は、これを恋と呼ぶのは憚《はばか》られた。僕にそんな資格はない。窓に映る自分に向かってため息を吐く。

まあ、いいさ。しばらくは忙しくなる。

彼に会うことは二度とないだろう。つまり僕が再び彼を苦しめることもないのだ。きっとそのうち忘れられるはずだ。


翌日、僕は書斎で警視庁から預かった呪具を調べていた。

僕の住む家は大学まで続くバス通りから一本入ったところにある。塀と竹林で囲まれた巨大な敷地の中に、母屋《おもや》と離れ、そして土蔵がいくつかある。木津家の本家であり、呪われし者が住む家だ。僕はここで大叔母と再従妹と三人で暮らしている。

僕の部屋は北の棟にある。普段はここで論文をまとめたり、新興呪術を実際に試してみたりして過ごしている。人気のない夜明け前に運動のため外へ出るぐらいで、仕事以外では外出らしい外出はほとんどしない。

本棚には呪術に関連する書物や古文書の類がずらりと並び、漆《うるし》塗りの髑髏《しゃれこうべ》や鉄輪《かなわ》、銅《どう》鏡《きょう》などが鎮座している。巨大な曼荼羅や呪符が壁を覆い、工具や作業台、鉢植えが置かれている。

引き出しの中や、簡単な封印を施した金庫の中にはもう少し怪《あや》しげなものもあるが、危険はない。たまに呻《うめ》き声がしたり、ガタガタと動いたりするだけだ。

机の上でスマートフォンが鳴っている。

『もしもし、木津先生、橋田《はしだ》です。おはようございます』

「おはようございます」

橋田は僕が雇《やと》っている女性だ。図書館司書をしていたが、事情があって退職し、二年前に求人広告を見て木津家にやってきた。ところ構わず卑語を言ってしまう僕が、あちこち顔を出せばトラブルの元なので、彼女に大学での用事の代行や資料集めなどを頼んでいる。

また祓い屋としての仕事の依頼人に、どうしても僕が直接話さなければならない場合、彼らに面会する前に、僕のこの言動について事情を説明してもらっている。彼女のおかげでなんとか仕事ができていると言っても過言ではない。非常に有能なので頭が上がらない。

『頼まれた論文、手に入れました』

「ありましたか！　助かった。ありがとうございます」

『九州の図書館にしかなくて、複写を取り寄せてもらいましたよ。今から向かいます。何か買い物はありますか？』

「コピー用紙が切れそうなのと、あ、伝票、コンビニ寄れたら宅配伝票もらってきてくれませんか。５枚くらい。着払いのやつを」

『了解しました。それから昨日はすみません』

昨日、橋田は娘の学校行事で休みだった。

『警視庁には私もついて行こうと思ってたんですけど……』

「大丈夫ですよ。気にしないでください。休みたい時は、いつでも言ってくださいね」

それにしても快適だ。電話はいい。自分の思う通りに話せるというのはなんと素晴らしいことだろう。すると真っ白な髪をボブカットにして色の濃いサングラスを掛けた女性が部屋に入ってきた。

「こら恵信、長電話はやめなさい」

大叔母の敦子だ。

「やべっ……あ、すみません、ちょっとばあちゃんが」

橋田に謝罪してスピーカーを押さえる。サングラスの向こうで敦子の目付きが険しくなった。彼女は齢《よわい》八十を越えるが、この年代特有の感覚で長電話を嫌っているわけではない。

「今は結界だらけのこの家の中だからいいけれど、まさか外で長電話なんかしてないだろうね。普段から習慣にしてないと、こういうのは油断した時が危ないんだから」

「ごめんって、しょうがないだろ……」

「電話する相手だって少なければ少ないほどいいって言ってるだろ。橋田さんは仕方ないにしても」

敦子の苦言には理由がある。

僕の呪いには妙な条件が付いていた。それは「電話やインターホン、無線などの電子機器を介して会話している時には呪いの影響から自由になれる」というものだ。それならば、他人と会話する時には常に電話で話せばよさそうなものだが、それは敦子に禁じられている。

「自分が今、どれだけ無防備かわかってるのかい？　今ならどんな三流の術者でも恵信を呪うことができるんだよ」

呪術への強い耐性は、呪われたこの身と引き換えだった。つまり、呪いから解放されているこの瞬間、電話で話している今だけは、僕は何の力もない一般人と同じということだ。

「護符はいつも持ってるよ」

「当たり前だよ」

敦子のこれはただの小言ではない。かなり精度の高い予想に基《もと》づく警告だ。

「はあ……すみません、橋田さん、もう切りますね。それじゃあまた……っ結腸責め……」

電話を切った瞬間に魔法が解けて、またいつもの僕に戻ってしまう。

敦子は少しだけ、すまなそうな顔をしたが、また表情を険しくした。

「うちは家業のせいで敵も多いんだよ。気を付けるに越したことはないんだから」

「わかったよ。いつか僕が痛い目に遭うって話な」

ため息を吐いて、スマートフォンを置く。すると、呼び鈴が鳴った。

「はーい」

敦子がぱたぱたと玄関先まで歩いていく。誰だろう。耳を澄《す》ましていると、敦子に大声で呼ばれた。

「けいしーん！　あんたにお客さんだよ！」

敦子が無造作に僕を呼びつけるということは、来訪者は僕の事情を知っている人間ということだ。犬ばしりでサンダルを履《は》き玄関先まで庭を突っ切る。

「はいはい、……っ！」

敦子にお辞儀している大柄な男、振り返ったその精悍《せいかん》な顔。

「け、刑事さん!?」

「警視庁捜査一課厭魅係の盛田隆一《もりたりゅういち》です。先日は……どうも」

待っていたのは駅で痴漢と揉めていた時に来てくれた、あの刑事だった。盛田は僕と目が合うと、泣き黒子のある目尻を染め、なぜか少し悔しそうに視線を逸らした。相変わらず凄まじい色気だ。無意識に胸を手で押さえる。途端に僕の不埒《ふらち》な口が暴れ出した。

「え、な、なんでエッチな刑事さんが……あ、す、すみません！　ほ、本物？　おっぱいすごい、記憶よりでかい……くそっ……も、申し訳ございません！」

慌てて平身低頭《へいしんていとう》する。敦子はサングラスの奥で目を見開いた。

「なに、あんた達知り合い？　もしかして恵信、この人に惚れてるのかい？」

敦子は直球の質問を投げかけてくる。いつもそうだ。

「そう、めちゃくちゃ好き、すげえタイプ……って、ちょっと、ばあちゃん！」

しどろもどろになる僕の前で、盛田は怒ったように口を真一文字に結び、首まで真っ赤になっている。

そういえば、矢代は近日中に厭魅係の刑事がこの家を訪ねると言っていた。厭魅係の唯一の構成員、名ばかりの係長とは彼の事だったのか。なんという巡り合わせだろう。

もう二度と会えないと思っていたので嬉しいが、ものすごく気まずい。

盛田は僕のことを聞かされて、どう思っただろうか。駅で出会った妙な男がその呪術の専門家だとすぐにわかったはずだ。僕のような人間はそうはいない。

ここへは来たくなかっただろうな。

しかし、理由を説明すれば笑われるに決まっているから、言い出せなかったに違いない。そして八重山によれば彼には部下もいないらしいので、代わりの人間を寄越すこともできなかったのだろう。

しかし盛田は駅のホームで話した時と同じように、あくまで平静を装《よそお》うつもりらしい。

「き、昨日は証言をありがとうございました」

「なにかあったのかい？」

敦子は呑気《のんき》に尋ねる。盛田は駅での一件を簡単に話して聞かせた。

「へえ、恵信あんた、そんなことしてたのかい！　やるねえ」

「犯人逮捕へのご協力、大変感謝しております」

「盛田さんも、ありがとうね。呪いのせいで、こんなだけど、うちの恵信はいい子なんだよ」

「あ、は、はあ……」

盛田はどう答えるべきか思案するように視線を彷徨《さまよ》わせた。居た堪《たま》れない。僕に気を使わなくていいので、迷惑していると言ってくれ。

「ばあちゃん！　やめろって！」

敦子は僕を無視して盛田を見上げ、サングラスを下ろした。白目のない琥珀色《こはくいろ》、横に長く伸びた瞳孔《どうこう》が露わになる。何でも見える代わりに、大叔母は羊の目を持って生まれてきた。

盛田がそれを見て目を丸くする。

「歓迎するよ。変な家だけど、よかったら上がっていっておくれよ」

敦子は相手の反応を楽しむように、にやりと笑った。ずいぶん盛田が気に入ったようだ。

「私はちょっと友達と約束があるから出掛けるよ」

盛田が唖然としているうちに敦子は出て行ってしまった。

「……えっと」

二人で取り残されて、盛田も所在なさげに首筋の汗を拭っている。暑そうだ。

「……汗、美味《うま》そうっ……くっそ……すみません。と、とりあえず中へどうぞ！　涼しいですから！　麦茶持ってきます」

「いいえ、ここで結構です。仕事中ですので、お構いなく」

だが盛田はそっけない。

考えてみれば、得体の知れない家で僕のような人間と二人きりになりたいわけがない。

「で、ですよね……はは」

頭を掻きながら笑う僕にも盛田は堅苦しい態度を崩さない。

「いきなり来てしまって申し訳ありません。今日はお時間大丈夫ですか？」

「は、はい」

「実は、今捜査中の事件について、ぜひご意見を伺いたいことがありまして……」

早速仕事の話だ。盛田は鞄の中から分厚いファイルを取り出した。鞄を脇に挟んで、後傾姿勢になり、胸の前でファイルを開く。きつそうな胸板に汗ばんだワイシャツが張り付いている。発達した胸筋の縁《ふち》に下向きに尖《とが》った小さな突起《とっき》がわずかに見えた。盛田がページをめくるたびに、紙が先端を掠《かす》めそうになる。見てはいけないと思うのに目が離せない。

「乳首……っ」

　まずい。

　無駄とは知りつつ口を覆った。盛田は怪訝な顔で動作を止め、僕の視線の先を追った。

「……っ!?」

　そして顔を強張らせる。信じられない、という顔だ。盛田は胸元を隠すように太く逞しい腕でさっとファイルを抱き寄せた。咄嗟の反応だったのだろう。盛田は自分が何をしているのか気が付いて真っ赤になった。

「……っあ」

　狼狽えて掠れた声が酷くセクシーだ。ごくりと咽喉が鳴った。

　だが彼が小さく震えているのを見て我に返った。途端に真っ青になる。

　またやってしまった。怯えさせているのに、僕は何を呑気に。

「す、すみませんすみません！　見てしまって本当にごめんなさい！　この通りです」

　急いで盛田から離れ、膝《ひざ》をついて土下座する。

　今度こそ、本当にもう駄目だ。

　卑猥な単語を何の脈絡もなく言うだけなら、事情を知った上で慣れてしまえば無視もできようが、盛田の場合は、それが全て自分に向けられたものだとわかってしまう。どれほど不愉快だろうか。僕を心底軽蔑したに違いない。

「あ、あの、俺は大丈夫ですから。どうか、お気になさらず」

そう言われて素直に頷けるほど僕は厚顔《こうがん》ではなかった。

「本当に申し訳ない。心から……っ謝罪します……シコい……眼福《がんぷく》っ」

謝罪の最中すら盛田を貶《おとし》める言葉が咽喉をせり上がってくる。その時、背後で足音がした。

「遅くなりました……って、うわ、何してるんですか、先生！」

聞き慣れた声に顔を上げると、ひっつめ髪の女性が荷物を抱えて立っていた。橋田だ。

彼女は慌てて僕を引っ張り、立ち上がらせた。膝の汚れを払ってくれる。

「お客さん困ってるじゃないですか！　ほら、もう」

「す、すみません」

だが僕の目に涙が滲んでいるのを見ると、橋田は眉根を寄せた。

橋田はそのまま険しい表情で僕と盛田の間に入った。仁王立ちで腕を組んでいる。

「先生のお手伝いをしております橋田です。木津先生へのご用件は私が伺いますが」

橋田は僕が客人に虐められたのだと思っているようだ。睨まれた盛田は戸惑っている。

「あ、いえ、俺は……」

「ち、違うんだ、橋田さん。僕がその……盛田さんの濡れ透けエロボディ……っ……乳首可愛い……失礼なことを」

細かい説明は不要だった。

「あ、なんだ、そういう……」

橋田は一瞬にして全てを理解したようで、心底憐れんだ目で僕を見た。僕も盛田も俯くしかない。橋田は要領よく事情を聞き出すと盛田に向かって言った。

「盛田さん。捜査資料はお預かりしても大丈夫なものですか？」

「はい。木津さん以外にお見せしなければ」

「では、こちらでお預かりします。このままでは話が進みませんし、あとはメールなどでやり取りすればいいんじゃないですか？」

さすが橋田だ。僕の言いたい事を完璧に代弁してくれた。しかし盛田は渋る。

「いや、申し訳ないんですがメールだと、ちょっと……」

警察関係者は外部の人間と捜査に関するやり取りをメールで行うことはないらしい。情報の受け渡しには厳しい制限があるそうだ。

「じゃあ、電話でもなんでも、プライベートの通話アプリでも」

橋田がため息を吐いて振り返る。

「先生、それでいいですか？」

急いで頷く。敦子にばれたら叱《しか》られるだろうが致し方ない。盛田と僕の心と尊厳を守るために、どうしても必要な措置《そち》だ。

そして橋田に急《せ》かされるように慌ただしく名刺を交換した。挨拶もそこそこに逃げるように去っていく盛田は、また何もないところで躓いた。ただひたすら申し訳なかった。せっかくまた会えたのに、僕はなんて失礼なことを……。

「大丈夫ですよ。きっと悪気はないってわかってますって。ほら先生、きりっとした、お上品な顔だから、絶対そういうこと言いそうにないって感じっていうか。だから余計にびっくりしたんじゃないですか？」

橋田はそう言って慰めてくれたが、しばらく立ち直れそうにない。

帰ってきた敦子は事情を聞いて渋い顔をしたが、意気消沈する僕を哀れに思ったのか、何も言わなかった。

翌日から僕は仕事に取り掛かった。盛田への、せめてもの償《つぐな》いとして、できる限りのことはしたい。盛田はもう僕に連絡をくれないかもしれないが、その場合にも、きちんと調査結果をまとめて、なるべく早くに知らせよう、そう決意してファイルを開く。

盛田が持ってきた捜査資料には事件の概要が書かれていた。

今年の春、某病院に怪我《けが》を負った暴力団員の男性が運ばれてきた。その頃、都内では暴力団の抗争が頻発しており、これに関連するものと考えられた。

診察した救急医の話では、見た目の外傷は派手だったが、それほど重症には見えなかったらしい。だが治療のために彼の上着を脱がせようとした時に異変が生じた。その暴力団員が急にもがき苦しみ始めたのだ。

しかし、脱がせないことには治療が始められない。怪我人が錯乱《さくらん》するのは珍しいことではないので、数人がかりで押さえ付け、彼の上着を切って脱がせた。

すると、彼の目から光が消えた。血圧が一気に下がり、そのまま死亡した。まるで上着が彼の魂を吸い取ったかのようだったという。

彼の上着を調べると、不自然に厚みを帯《お》びた部分があった。切り開いてみたところ、奇妙なものが内部に縫《ぬ》い付けられていた。

それは呪符だった。雑になめされたせいか黒ずんでいるが、何かの動物の皮でできているように見える。調査の結果、なんとそれは人間の皮膚《ひふ》を二枚重ね合わせたものであると判明した。一枚は男性、もう一枚は女性のものであった。

捜査本部ではこの呪符が何らかの形で男の死に関与していると判断し、入手経路を探ったが、手掛かりは摑めなかった。そこで厭魅係がこの二枚の皮膚の持ち主の身元を調査することになったという。

僕の仕事はこの呪符の種類や効能を探ることだった。

資料を一通り読んで嘆息《たんそく》する。思っていた以上に呪術らしい呪術だ。写真が添付されていたので、敦子に見せてみたが、何も感じ取れないらしい。

「たぶん、写真を撮られた時、この呪符は何も力を発していなかったんだね」

敦子が感じ取れるのは現在進行形の呪いだけだ。

「だから恵信にこの仕事を任せたんだよ。私は勉強が嫌いだからね」

とはいえ、僕も何も思いつかない。せいぜい書かれたものが北斗七星符《ほくとしちせいふ》の変形であると推察できる程度だ。

呪術の研究で明らかにされていることはまだ少ないが、呪術はその土地と深く結びついて発動することがわかっている。つまり、ここ日本であれば、ブードゥー教や悪魔崇拝、黒魔術などを基礎とした呪いはあまり使われない。新興呪術も日本古来の呪術を元にしたものが多い。しかし系統は様々で独自のアレンジが加えられ、一見しただけでは元がわからないものがほとんどだ。部屋で文献をひっくり返して頭を悩ませていると、スマートフォンが振動した。メッセージだ。

「……っ!」

盛田からだった。思わず姿勢を正す。

本文には昨日の突然の訪問と、去り際の非礼な態度に関しての謝罪があった。悪いのはこちらの方なので恐縮してしまう。捜査資料についても記載されている。外部に渡す資料ということで、印刷物として残すべきではない情報は削《けず》られているという。資料を見ながら、直接説明するつもりだったが、それは叶《かな》わなかったので、できれば電話で話したいそうだ。都合のいい時間を教えてほしいとある。

いつでも大丈夫だと返信した。

すぐにスマートフォンが鳴り出したので、あやうく取り落としそうになる。盛田からだ。震える手で通話ボタンに触れた。

「は、はい、木津です」

『盛田です』

耳から強い酒でも流し込まれたかのように、身体がかっと熱くなった。勝手に目が潤んでくる。盛田のバリトンボイスも、それはもう嫌になるほど好みだった。聞いているだけで股間に血が集まりそうだ。

『木津さん、昨日は申し訳ありませんでした』

少し緊張した声で盛田が続けた。

「いいえ、そんな……悪いのはこちらですから」

僕のこと気持ち悪いんじゃないですか？　それとも許してくれた？　僕はあなたにとんでもない事をたくさん言いました。本当はどう思ってるんですか？　僕に協力してもらえないと困るから、嫌々電話してるんですよね？　わかってます。でも、そうじゃないって言ってほしい。結婚してますか？　付き合ってる人はいますか？

言葉が山ほど浮かんだが、口に出すわけがない。今の僕は頭の中を隠すことができるのだ。

　しかし、そんなこととは知らない盛田は事務的に話を進める。

『お忙しいところすみません。お渡ししたファイルは後で目を通してくだされば大丈夫ですので。またいつお話しできるかわかりませんし、今お時間があれば先に説明だけでも……』

　なぜか盛田は僕がまだ資料を読んでいない前提で続けた。

「あの、読みました。資料」

『え、もう？』

　盛田が驚いた声を出したので僕も驚いた。

「は、はい。ついさっき読み終わって、さっそく調べ始めたところでした」

　すぐに読むべきではなかったのだろうか。僕の不安そうな声に気付いたのかもしれない。

　盛田は数秒の沈黙《ちんもく》の後、少し戸惑いながら謝罪した。

『……いえ、お忙しいだろうと思いまして、すみません。それで、何かわかりましたか？』

「まだ、ほとんど何も」

　せめて、もう少し何かわかってから返信すべきだったかもしれない。盛田からの連絡というだけで舞い上がってしまった。恥ずかしい。

こちらが不甲斐《ふがい》ないと思っていることを感じ取ったのか、盛田はふっと笑った。

『いや、大丈夫です。そりゃそうですよ、昨日の今日で。ところで、その失礼ですが……木津さん……ですよね？』

遠慮がちに盛田が尋ねる。彼の言いたいことがわかったので、つい苦笑した。

「ええ、木津です。木津恵信です。そういえば、お伝えしてませんでしたね。不思議と電話では汚い言葉は出ないんです」

『あ、そうだったんですか』

その時、電話の向こうで盛田を呼ばわる声がした。

『……ったく、すみません、ちょっと失礼します』

受話器を押さえたのだろうが、僕は人より少し耳がいい。全て聞こえてしまう。

『うるせえぞ、静かにしろ！』

——珍しいな。給料泥棒が仕事してるじゃねえか。

——もしかして例の霊媒師《れいばいし》の兄ちゃんか？　聞いたぜ。ホモの変態なんだろ？

——お前、妙にオカマにモテるしなあ、気を付けろよ。

——いっそ誑《たら》し込め。金持ちなんだろ？　貢《みつ》がせろ。

『馬鹿野郎！　聞こえるだろ！　失礼なこと言うんじゃねえ！』

——冗談だろ、おっかねえな。占いでもしてもらえよ。誰が犯人ですか？　つってよ。

『黙れって言ってんだろ、くそったれ！　……すみません。お電話中に』

盛田は気まずそうだ。だが、どちらかというと僕の方が謝りたい気分だった。こういった扱いには慣れている。僕と関わったせいで盛田に不快な思いをさせてしまった。

「いいえ。その、昨日は本当に失礼なことを、なんとお詫びしたらいいか……」

『ああ、いえ……』

盛田は口籠もる。やがて彼は慎重に言葉を選びながら言った。

『呪いでそういう風になってるんだって聞きました。大変ですね』

「お恥ずかしい限りです」

『……いいや……とにかく、俺は全く気にしていませんので』

もうこの話はおしまい、とでも言いたげだ。切り捨てるような少しつっけんどんな口調だった。わかっていたことだが、相当嫌だったのだろうな、とあらためて思う。卑怯《ひきょう》だが、なかった事にしてもらえるのなら、こちらとしても、その方がありがたい。

盛田は現在の捜査の進行状況についても教えてくれた。

『人皮の呪符の入手経路については俺の方でも、もう一度洗い直そうと思ったんですが、組対の奴らに止められまして……』

死亡した男が所属する暴力団の情報提供者は何も摑めなかったらしい。これ以上、下手に探りを入れると怪しまれる可能性があると言われたそうだ。大規模な摘発を間近に控《ひか》えているのに、そんな危険は冒《おか》せない、と。

『まあ、体のいい言い訳かもしれませんがね』

捜査関係者の中には呪符が本当に暴力団員の死に関与しているのかどうか、それ自体をまだ疑問視している者もいるらしい。そんなオカルトアイテムの調査に時間を割いている暇はない、というわけだ。

そこで仕方なく、呪符に使用された人間の身元を独自に調査し始めたが、手掛かりは摑めていないという。過去に遡《さかのぼ》って、暴力団が関与した事件の被害者のうち遺体の損壊《そんかい》が激しいものや、行方不明者などのＤＮＡと照合する作業を進めている最中だそうだ。

『つっても数が多過ぎて埒が明かないんですよ。条件に合っていてもサンプルが残っていなくて調べられないものも多い。どこで起きた事件なのかもわからない。場合によっては皮を剝《は》がれただけで、まだ生きてるかもしれない。何かヒントでもあればいいんですがね』

盛田はため息を吐いた。

「そうですね……」

引き離しただけで人が死ぬような強い呪いならば、ただ単に人間の皮が必要というだけでなく、皮の持ち主の死も呪いの成就の条件に含まれる可能性が高い。

「死人から探すという方向性は間違ってないような気がします」

『そりゃ、ありがたいですな』

盛田はうんざりしたように言った。それでも数が多いから困っている、と言いたげだ。

「皮の持ち主の候補者にはどんな人が？」

『大抵は暴力団員や準構成員、麻薬の売人に、あとは風俗嬢。それから、会社員、ニート、借金で首が回らなくなって犯罪に手を出す、いわゆる半グレって奴らですかね』

大方予想した通りだ。

「それ以外は？」

『それ以外？』

盛田が居住まいを正した雰囲気があった。盛田の低い声がさらに低くなる。

『何か心当たりが？』

「あ、いいえ、心当たりと言うほどのものでもないんですが」

推測の域《いき》を出ない。言うべきか迷う。盛田はさらに促《うなが》した。

『それでもいいです。教えてください。正直言って、それこそ星占いでも何でも頼りたい気分……あ、失礼』

門外漢《もんがいかん》からすれば呪術も占星術《せんせいじゅつ》も変わらないだろう。

「はは……、構いませんよ。僕が思ったのは、誰の皮でもいい、というわけではないんじゃないか、ということで」

高僧の頭蓋骨《ずがいこつ》は呪術的に強い力を持ち、重んじられる場合が多い。力のある術者もその傾向がある。骨だけではない。髪や指、目玉なども同様だ。

「僧侶や巫女、修験者、何でもいいですが、呪術に携《たずさ》わる人間、あとは極めて徳の高い人物、そんな人をとりあえず優先的に調べてみるというのは、どうでしょうか。それでだいぶ数が絞《しぼ》れますし……」

盛田はしばらく黙っていた。

その間に僕も冷静になる。つい思ったまま口にしてしまったが、呪術に明るくない人間にとっては、あまりにもオカルトチックに聞こえたのではなかろうか。

『木津さん』

「は、はい」

馬鹿にされるだろうか。呆《あき》れられてしまったかもしれない。八重山の態度を思い出した。現場の刑事には呪術の存在そのものをまだ疑っている者も大勢いる。

『ありがとうございます。早速その線で調べてみます』

「え……」

『えってなんですか』

盛田がどこかくすぐったそうに笑う。

「あ、いや……その、推測ですよ、ただの。確実というわけでは」

『わかってます。でも、闇雲《やみくも》に探すよりずっといい。いや、餅《もち》は餅屋だな』

盛田の声から堅苦しさは消えていた。

『じゃ、こちらからかけておいて申し訳ありませんが、このへんで』

「あ、は、はい」

『お仕事の邪魔しちまってすみません。大変助かりました。またご連絡させてください』

電話は切れた。

なんだこれは、なんなんだこれは。

動悸《どうき》が収まらない。今になって顔が火照《ほて》りだす。

信じられない思いでスマートフォンを眺めた。小刻みに震えている。違う。僕の手が震えているのだ。盛田は僕の話を聞いてくれた。そしてお礼を言ってくれた。

もしかして役に立ったのか。いや、まだわからない。だが、盛田はたぶん喜んでいた。

「……っっしゃあっ……！」

思わずガッツポーズを決めた。

力が湧《わ》き上がってくる。身体が熱い。青い炎が視界の端を掠める。陽炎《かげろう》が揺らめく。

はっと我に返って、腕を見ると前腕の一部が溶け落ちて骨が見えていた。

箱の中に閉じ込めているものが怯えてキイキイと鳴きながら暴れている。

「あ、やべ……っ」

興奮を鎮めるために深呼吸しながら部屋の中を歩き回る。ほどなくして腕は元に戻った。危なかった。

大叔母や再従妹と違って、僕にはもともと何の特殊能力も備わっていなかったが、若い頃に山野を駆け巡る荒行をした結果、身体に変化が現れるようになった。

危険に晒された時や闘争本能に火が付いた時などに、身体から青い鬼火《おにび》が漂《ただよ》い、肉が部分的に削《そ》げ落ちて骨になり、頭に二本の角が生えてくる。この姿になると大抵の呪術的なものは触れるまでもなく消滅させることができる。

こんな稼業なので非常に便利なのだが、強力過ぎて恐ろしいし、何より見た目は完全に化け物だ。めったなことではこの姿にならないようにしているのだが、時折意図せず、この姿になってしまうことがある。修行により発現した先祖返りだろうと敦子は言っていた。

浮かれ過ぎだ。

そう自分を戒《いまし》めてみるものの、笑顔になってしまうのを止められない。軽い足取りで鼻歌を歌いながら部屋の中で本を探す。

言動のせいで気軽に外を出歩くこともできず、この体質のために迂闊《うかつ》に興奮することもできない僕だが、今だけは自分を憐れむことは忘れていた。それどころか少し誇らしかった。

僕が持っている全てで盛田を助けよう。

それから僕は暇さえあれば呪術に関する文献を読み漁った。橋田に頼んで資料を取り寄せ、メールでその筋に詳しい知人に尋ねた。しかし、原型らしい呪術が見つけられない。さらに立て続けに祓い屋としての仕事が入ったこともあり、成果らしい成果が得られぬまま二週間が過ぎた。

盛田はその間にも何度か連絡をくれた。今では僕の数々の非礼などなかったかのように、好意的な態度で接してくれている。もともと拘《こだわ》る性質ではないのかもしれない。

夜に自室で考えを整理していた時に盛田から電話がかかってきた。

『木津さん、調子はどうだ？　何かわかったか？』

盛田は始めの頃こそ硬い口調を崩さなかったが、今は敬語も忘れている。

「いえ、まだ何も……もしかしたら根本的なところから間違ってたのかもしれません」

『ま、気長にやってくれ。こっちの方は、おかげさまで、だいぶ候補者が絞れてきた』

「そうでしたか。それはなにより……僕の方も中間報告だけでも今週中にできればよかったんですが、仕事が立て込んでまして、本当にすみません」

持ち込まれた人形が手に負えないと神社からの応援要請が一件、今年に入ってからすでに五人も自殺者を出している賃貸アパートの大家からの依頼が一件、土砂崩れで首塚が流されたので念のため確認してほしいという自治体からの依頼が一件、先週だけで三件だ。

「昨日も夜中に呼び出されたんですよ」

思わずため息が出た。職業柄仕方のない事とはいえ、こうも続くと、新興呪術のサンプルがせっかく大量に手に入っても、詳しく調査して論文にまとめるどころか、盛田との仕事もままならない。

『ああ、本業の方だろ？　こっちが木津さんのご厚意に甘えてるんだ。気にしないでくれ。忙しいのに急かして悪いな』

「いいえ、大丈夫です。昨日はすぐに終わる仕事でしたし。それよりその、死んだ暴力団員についてですが……」

『で、どんな仕事だったんだ？』

「へ？」

『だから、昨日の祓い屋の仕事』

驚いた。

『ああ、もちろん話せないならそれでいい。無理には聞かねえ』

「いえ、そういうわけではありませんが」

今までは、ほとんど捜査に関する話しかしていなかったので、盛田が僕の仕事に興味を持つとは思わなかっただけだ。話そうとして気が付く。盛田は警察官だった。

あ、思ったより難しいぞ、これは。

「えーっと……さ、さる団体の、代表者の方……で、かなり地位の高い方、というか……」

指定暴力団の組長からの依頼だった。日本で有数の構成員数を誇る団体だ。盛田は組織犯罪対策部にもいたことがあるはずなので、名前を言えば確実に知っているだろうし、なんなら僕よりもずっと詳しいだろう。

自分は法に触れるようなことをしただろうか。たぶん大丈夫だろうと思うが、あまり自信がない。頭をフル回転させ、冷や汗をかきながら言葉を選ぶ。

「その方の息子さんが、同業者から恨みを買ったようで」

バカラ賭博の利益の配分で揉めたらしい。その組長の長男は父親の組の下部組織に会場の準備から警備までさせた挙句《あげく》、金もほとんど出させたそうだ。さらに外国人客とのトラブルで下部組織の構成員が一人死んだにもかかわらず、彼らへの配分を出し渋った。

当然ながらこれらの事情は伏せるしかない。

「どうやら、権力を笠に着て、だいぶ強引なことをしたみたいですね」

『それで報復のために呪われたのか』

「そのようです。それを解くために僕が呼ばれました」

『そうだったのか。お疲れさん』

よし、切り抜けた。

盛田にばれないよう、ほっと息を吐く。ここから先は正直に話したところで、到底信じてもらえるとは思えない。盛田は僕の前で呪術をあからさまに馬鹿にしたことはないが、彼が呪術の存在を信じ切れていないのはわかる。無理もない。いくら科学的に証明されたとは言っても、いい大人が、見た事もないものをすぐに信じられるわけがない。

『具体的には、どんな呪いだったんだ？』

だが盛田はなおも食い下がる。興味津々だ。

『俺は呪いなんて一度も見たことはないし、感じたこともない。こんな仕事もしてるが、未だに半信半疑だ』

そうだろうと思っていた。

『だから教えてほしい。駄目か？』

盛田の真摯な声に僕は恥ずかしくなった。彼は僕が思っているよりずっと真剣に新しい世界と向き合うつもりだったのだ。それならば包み隠さず伝えるべきだろう。彼のこれからの安全のためにも。

「僕がお宅へ伺った時、その息子さんは地下室で縛《しば》られていました」

高級車が並ぶ地下のガレージに転がされ、あたりは血塗れで、彼は右足、左腕を失い、残った右腕には管《くだ》が刺され、そこから輸血されていた。

「彼はなんと、ご自分の手足を食ったそうで」

『……は？』

電話の向こうで盛田は呆気《あっけ》に取られている。

『食った、だと？　な、なんだってそんな』

「美味《おい》しそうに見えたからだ、と言ってました」

それが始まったのは食事の最中だった。指に付いたソースを拭《ふ》こうとして、組長の息子は気が付いた。

俺の指はなんて旨《うま》そうなんだ。

「それはもう、抗えないくらいに」

そして実際に食べてみると、自分の指は信じられないほど美味だったらしい。こんなに旨いのなら身体の一部が千切れる痛みなど、どうでもいいとすら思えたそうだ。

「あとは出っ張った部分から順に食べたと」

左手の指はすぐになくなった。右手の小指を食べながら彼は気が付いた。

なんてことだ、右手の指を食べちまったら、他の部分が上手く食えないじゃないか。

かくして右手の指は残ったが、左腕がなくなった。両足の指もなくなった。

「連絡が付かなくなったのを心配して仲間が様子を見にきた時にはもう……」

彼はすでに左腕の肘《ひじ》から先、右の小指、左の全ての足の指、右足の膝《ひざ》から下、陰茎までも失っていた。失血死寸前で青い顔をしながら、それでも食べるのをやめないので、押さえ付けてどうにかやめさせた。

助けに入った組員達はぞっとしたらしい。部屋の隅には青いバケツが置いてあった。中には彼の身体の一部が咀嚼《そしゃく》され、胃液と混じったものが溜められていた。食べたはいいが、胃が受け付けずに吐き出されてしまったのだ。処分しようとしたところ、血塗れで息も絶え絶えの組長の息子から怒号が飛んだ。後で食べようと思って取っておいたんだ、勿体ないから捨てるな、と叫んでいたそうだ。

それを聞いた盛田が小さく呻く。

組が懇意にしている医者を呼び、なんとか止血だけされた状態で僕が呼ばれた。

「深夜二時に叩き起こされましたよ」

祓い屋としての仕事はたいてい突然呼び出されることから始まる。橋田は呼ばなかった。さすがに連れては行けない。とはいえ、ここまでの事態になると誰も僕の言動など気にしなくなるので、さして支障はない。

「それで呪いを返しておしまいです。息子さんは無事病院に連れていかれました。手足は戻りませんが、もう自分を食べたくなることはないでしょう。たぶん、今頃術者は誘惑に負けて自分の指を食べてしまわないよう必死だと思います。一口でも食べたらその美味しさに抗えないらしいので……」

そこではっとした。しまった、包み隠さずとは言っても限度があった。盛田は呪術に詳しくない。あまりにも突拍子もない出来事だ。ホラ話だと思ったかもしれない。

『……話には聞いてたが、凄まじいな』

だが、盛田はため息を一つ吐くと、真偽を質《ただ》すでもなく、静かな声でそれだけ言った。

『今までは、こういうのは全てあんたらに処理されて、警察沙汰《ざた》にはなってなかったわけか。まあ、起きてることだけ見れば、自分で自分の手足を食っただけだからな』

意外と順応が早い。心から信じるのはまだ難しいのだろうが、僕の話をとりあえず呑み込んでくれたようだ。危険な世界なのだと意識してくれるだけでもありがたい。

『なんだよ、木津さんがしれっと言うから、大したことねえのかと思ったら大惨事じゃねえか。大変だったな』

「はあ、ですが呪いとしての難易度は低いです。返すのも楽でしたよ。だから大丈夫です」

化け物の姿になる必要もなかった。通常の呪詛返しの手順を踏んだだけだ。狐憑《つ》きに近い状態だったので、藁《わら》人形と五寸釘《ごすんくぎ》、木剣《ぼっけん》を使って祈禱を行うと正気に戻った。

『え、そ、そうなのか!?』

盛田はそこで初めて動揺を見せた。こんな血生臭い呪いがそうそうあっては困るとでも言いたげだ。

「ええ、起きたことは惨《むご》たらしいですし、かなり酷い呪いのように思えるかもしれませんが、この呪いが作用したのは、結局のところ息子さんの心だけなので」

『心……』

「呪術が最も干渉しやすいと言われているのは人間の精神活動です。人の心を操《あやつ》るのは天候を操るよりもずっと簡単です。呪術の得意分野ですね。ちょっとかじったら、ほとんどの人ができるようになりますよ」

『俺でも？』

「さすがに相手を呪って自分の手足を食わせるには修行が必要ですけど」

苦笑して続ける。

「本気で物理現象に干渉して、さらに人を殺せるような呪術があれば、それは相当にレアで高度な呪術です。呪具なら数千万円以上の値段で取引されるでしょう。末端価格はもっとかもしれません」

その理屈で考えると敦子の羊の目の呪いはかなり高度なもので、主に精神活動に作用する僕の呪いは比較的簡単なもの、ということになる。呪いの難易度は結果の重篤《じゅうとく》さと必ずしも相関しない。そして、その原則が正しければ僕の呪いを解くことは敦子の呪いを解くよりも容易《たやす》いはずなのだ。それ故に諦めきれないでいる。

つい物思いに耽りそうになったが、盛田の声で我に返った。

『呪いを返したって言うけどよ、失敗することもあるんだろ？　そしたらどうなるんだ？』

盛田は恐る恐る尋ねる。

「どうなるかは呪いの重さにもよりますが、今回の場合だとたぶん、僕が自分の手足を食うことになってたか、錯乱して呪いの標的を食い殺すか……ですかね」

呪いに直接関わるというのはそういうことだ。僕の軽い口調に呆れたのか、盛田は絶句してため息を吐いた。

『……まあ、なんだ。うちが頼んでる仕事なんか、ちょっとくらい遅れたって構わんから、気を付けてくれ』

「そんな、どちらも大事な仕事ですよ。それに僕だって木津家の端くれです。大丈夫、呪われてるおかげで、大抵の呪術は跳ね返せる体質なので」

『へえ、そんな力が……だから、平然としてられるんだな』

実はこうして盛田と電話で会話している今、その力は消えているのだが、敦子は僕がこの事情をみだりに他人に明かすことを禁じている。僕も盛田にいらぬ心配をかけたくないので、それについては黙っている。いや、正直に言おう。盛田が変に遠慮して僕と電話で話してくれなくなったら泣いてしまう。

「デメリットの方が大きいですけどね」

『力もタダじゃないってことか』

「盛田さんも、これから仕事で呪術に関わらざるを得ない場合は、どうか気を付けてください。今までの理屈が通じる世界じゃないんです。呪術対策として、子供騙しとしか思えないような護符だとか儀式だとかを勧められる場合もあるでしょうが……」

信じろとは言わない。形だけでもいい。受験の時に神社でお守りを買ったことくらいあるだろう。それと同じだとでも思えばいい。だから頼む。

『ああ、わかったよ』

僕の必死さが伝わったのか、盛田は苦笑した。呪術を勉強するのに何かおすすめの教科書はないかと盛田に尋ねられたので、素人向けのものを数冊挙げた。電話の向こうでメモを取っている気配がある。

『……っと、そういや話を遮っちまったな。死んだ暴力団員がなんだって？』

「そうでした。彼は暴力団同士の諍《いさか》いで重傷を負ったそうですが、具体的にはどんな感じだったんですか？　糸口すら摑めないので何かヒントが欲しくて」

『あ、そうか。悪い……忘れてたよ。言おうと思ってたんだ』

暴力団の抗争による殺人事件そのものは厭魅係の管轄ではない。厭魅係の仕事はあくまでこの人皮呪符の調査である。捜査情報は最低限しか共有させてもらえなかったそうだ。

捜査一課長が厭魅係を毛嫌いしていることもあり、捜査にどうしても必要だからと情報を要求しても、のらりくらりとかわされて、先日になって、ようやく必要な情報を手に入れたらしい。

『だから木津さんに渡したファイルには詳しく書けなかったんだよな……ったくよ、いい大人が陰湿なことしやがる。ちょっと待っててくれ』

盛田は席を離れた。資料を持ってきたようだ。電話口で報告書を読み上げてくれた。

暴力団員はいわゆる鉄砲玉の役割を仰せつかっていたらしい。対立組織の事務所に単独で乗り込み、その場にいた十二人の男性を銃や長ドスで殺害し、十人以上の男性に重軽傷を負わせている。獅子奮迅《ししふんじん》の働きだ。その間に背中や腹を何か所も刺され、それでも勢いは止まらず、駆け付けた警官を殴り倒し、彼はようやく倒れ込んだ。

『呪われてるとは思えない活躍っぷりだな。弁慶《べんけい》の立ち往生も真っ青だ。えっと、なんだ、あ、なんか追加されてるな。これは俺も知らねえ。……なんだと』

盛田が驚きに息を呑む気配がした。

『至近距離で撃った弾《たま》が当たらなかったとか、奴に向けて撃った銃が暴発したとか書いてあるぞ。数人がかりで押さえ付けてめった刺しにしても死ななかった？　……いや、さすがにこれは盛ってるだろ。なんだこりゃ』

人間離れしていると言ってもいい。

一体どんな呪いだ。持ち主の寿命を吸って、その代わりに超人的な力を与えるのだろうか。そんなものは聞いた事がない。僕がまだ知らない新興呪術だろうか。それにしても同系統のものすら全く心当たりがない、なんてことがあるだろうか。

しかも呪符を取り上げた瞬間に暴力団員は死んだと聞いた。寿命を吸うにしてはタイミングが早過ぎる気もする。

魂を呪符に移したのだろうか。それならば呪符を破壊してもいないのに持ち主が死ぬというのは理屈に合わない。そもそも、魂を呪符に移して不死身を得るつもりなら、それを危険な戦場へ持ってくるはずがない。安全な場所で厳重に守るはずだ。

守る……守る？

「あ……」

そうか。

「はは……あはははは！　大前提が違った。もっと単純だった。元の術式が見つからないわけだ。二人の人間の犠牲《ぎせい》がすでにある。この呪符はそれ以上の代償を持ち主から奪う必要はないんだ。すみません、僕が馬鹿でした」

いきなり笑い出した僕に盛田は面食らっている。

『どういうことだ？』

「盛田さん、彼の司法解剖の結果とかもわかったりします？」

『ああ、わかるぞ。えっと、死因は刺傷《ししょう》による出血多量で、脾《ひ》破裂、肝《かん》損傷、それによる腹腔内《ふくくうない》出血……あと、なんだ、心、タンポ、ナーデ？　腎茎部《じんけいぶ》損傷……たくさん書いてあるな』

「やっぱりそうだ。その場では死ななかったけど、彼は刺されてる。たぶん病院に運ばれた時点で、すでに通常なら生きていられないくらいの怪我を負ってたんです」

『医者によると重傷じゃなかったって話だが』

「運ばれてすぐには、身体の中の詳しい状況はわかりませんよ。意識状態や血圧、貧血の程度からだいたい怪我の具合を見極めるんです。つまり、切られても、刺されても、血が出ずに血圧が保たれていれば、ぱっと見ただけなら軽傷に見える」

電話の向こうで盛田が黙り込む。

「盛田さん、僕は勘違いしてました。あの呪符はたぶん、護符です」

『護符？』

「護符は持ち主を殺したりなんかしない。守ってたんだ」

確証はないが、そうだとすれば辻褄《つじつま》が合う。危険な仕事に赴《おもむ》くことになった男は自らの身を守るために呪術に頼った。そして、それを取り上げられた途端に加護を失い、死んだ。

「取っ掛かりができました。この方向で調べなおしてみます」

幸い心当たりがある。

『お、おう、なんかよくわからんが……頼んだぜ』

「はい。わかったらすぐにご連絡します」

いそいそと電話を切ると、背後から声をかけられた。

「恵ちゃん、いけないんだ。また長電話して」

ジャージ姿の若い女性が部屋に入ってきた。抜けるような白い肌に少しつり気味の目元が印象的な顔立ち。日本人としては茶色味の強い長い髪をなびかせている。再従妹の優希《ゆうき》だ。

「ばあちゃんに叱られるよ？」

にやにや笑いながらこちらを見ている。

「優ちゃん今起きたのか？　……っ包皮オナニー……ごめん」

優希は子供の頃から僕を知っているので、僕の言動にはいちいち反応しない。

「ちょっと前に起きたとこ」

「っていうか、ノックせずに入るなっていつも言ってるだろ……っコンドーム……っ」

この部屋で僕は自慰をしている。しかも割と頻繁に。家族と同居している独身男性の嗜《たしな》みとして、目に付くところには、あからさまにそれとわかるような物は置いていないが、様々なものが机や戸棚に隠してあるので、つい一年前まで高校生だった優希にこの部屋に入られると落ち着かない。

「いいじゃん、いいじゃん。全部知ってるって。恵ちゃんは彼氏もいないのに、コンドームをたくさん隠し持ってるんだよね。厚いのから薄いのまで」

「……っ!?」

「女の子と一つ屋根の下で暮らしてるから、部屋汚したり、臭いがついたりしないようにコンドームオナニーしてたらハマっちゃったんでしょ。いっぱい持ってるのは、お店で買うのが恥ずかしくて通販してるせい」

「わ、わかってるなら……黙ってくれ！　頼むから！」

訂正しよう。優希は僕の言動に反応しないわけではなかった。平然と僕の言動から情報を読み取って、僕の性生活（自慰のみ）を的確に把握し、わざわざ報告してくれる。それに引きずり出されるようにして、自白しているも同然の単語が次から次へと口から出てしまう。

「……アナニーっ……前立腺……ぐっ……っす、すまん……」

「私にすごく気を使ってるくせに、自分の精液を使って白蛇の式神を作って変なオナニーに励んだりさあ……慎み深いのか大胆なのかどっちかにしなよ」

「やめてくださいお願いします」

以前、興味本位で後ろを弄《いじ》ってみたことがある。僕に恋人ができるとすれば、それは奇跡が起きた時だ。役割の選り好みはできない。バリタチはモテる、と聞いたことはあるが、タチとしての僕に需要があるのか、いまいちわからない。準備しておいて損はないだろう。

その時、なんとかもっと効率的に、しかも身体に負担をかけずに腸内を洗浄し、肛門括約筋を解《ほぐ》すことができないものかと考え、式神を使うことを思いついた。いわゆる「物理現象に干渉する類」の高度な呪術であるので、そう上手くはいかないだろうと踏んでいたのだが、予想に反して、その試みは自分でも驚くほど成功した。しかし、前立腺の位置を把握した上で、適切に刺激してみても快感は得られなかった。ただ、いざ誰かとそういう事態になった時に、こうして相手を、と妄想するのだけは楽しかった。

だが生憎《あいにく》突っ込む側としても突っ込まれる側としても、そういった機会に恵まれることはなかった。やる前からわかっていたことではある。冷静になってみればどうみても無駄なのだが、そもそも自慰の際に耽る妄想とはそういうものだ。笑いたければ笑うがいい。

「けど、最近はあんまり式神作ってないよね？　可愛い白蛇ちゃん達見てないもん」

「見てたのか……っ拡張……って、やばい、逃げ出してたか!?」

「ううん、トイレに向かってにょろろって這《は》っていくところ見ただけ」

「だよな、よかった……いやよくない！　だから勝手に入るなってば……っ直腸洗浄……」

「もしかして、あんまり気持ちよくなかったの？」

真っ赤になって口をぱくぱくさせている再従兄《はとこ》が哀れになってきたのか、優希は話題を変えた。

「ま、いいか、どうでも。ね、ところでさ、さっきまで話してたの、誰？」

「警察の人だよ。ばあちゃんの口利きでしてる仕事だ」

「うん、知ってる。恵ちゃんが恋しちゃったのも知ってる」

これを言いに来たんだな。

口をへの字にして押し黙る。頬が熱い。十も年上の再従兄をまだ揶揄うつもりか。

「おばあちゃんと橋田さんが言ってたよ。ムキムキの刑事さんだって。渋くてカッコいいって。ね、また来る？　私も会いたいんだけど」

「来ないよ」

たぶんもう二度と。悲しいことに。

「えー、好きになっちゃったんでしょ？」

「もう、いいだろそんなこと……好き、すごいタイプ、滅茶苦茶可愛い……っ」

慌てて口を押さえる。

「あはは、嘘が吐けないよね、恵ちゃんは」

「そ、そうだよ。好きだよ。文句あるか!?」

「ないない、全然。興味があるだけ！　恵ちゃんに彼氏ができちゃうかも！　楽しみ」

頼むから、優希はもう少し嘘を吐いてほしい。ため息を吐く。

「ところで、優ちゃん、ご飯食べた？」

時計を見る。ちょうど九時だ。

「食べたよ。焼きナスが美味しかった。私あれ大好き」

確かに今日の焼きナスは我ながら上手くできた。食事を作るのは主に僕の担当なので、つい機嫌がよくなってしまう。

「まんこ……っ、悪い。この間、橋田さんがくれたマンゴー、悪くなっちゃうから、たくさん切ったんだ。優ちゃんの分は冷蔵庫に取ってあるから後で食って」

「え、やった！　食べる食べる。あ、そうそう明日、知り合いが髪切ってくれるの。その前に一緒にご飯食べるから、明日は私のご飯は用意しなくていいよ」

「へえ、友達？」

「うん、フットサルサークルで知り合ったんだ。美容師さんなんだって。超助かる。私、夏はなかなか美容院に行けないんだもん」

「ああ、今は日が長いもんな」

「そーなんだよね」

優希は長く伸びた髪の毛をくるくると指でねじった。

優希は日中に活動することができない。彼女にかけられた木津家の呪いは「日が高いうちは起きていられず、眠ってしまう」というものだ。

この呪いにより、優希は子供の頃から吸血鬼のように完全に昼夜逆転した生活を送っている。日没とともに起き出して、日が昇る頃に眠りにつく。夏至《げし》が近い今は午後七時過ぎにならなければ起きてこない。今日は少し寝坊したようだ。

優希の両親は夜しか起きていられない我が子のために、僕の両親以上に努力を強いられたらしい。彼女は小さい頃からまともに学校に通うこともできずに生きてきたのだが、幸い非行に走ることもなく、通信制の高校を立派な成績で卒業し、今は夜間課程のある大学に通っている。

敦子の庇護《ひご》下で呪いへの対処法を学ぶため、そして進学のために、去年の春からこの家で暮らし始めた。僕も同じ理由でこの家にやってきたのを思い出す。

だが優希は夜に活動するフットサルサークルなどにも参加し、僕よりもよっぽど社会に溶け込んでいる。友達も多いらしい。非常に楽しそうだ。僕の学生時代とは大違いだった。

「それでさあ、髪切る時、また私の髪取っておいた方がいいんだよね？」

優希はにこにこしながら聞いてきた。

「あ、それは助かるな」

「やっぱり」

優希は嬉しそうだ。彼女の髪の毛が風もないのに舞う。見えない小鳥が周りで飛び回って遊んでいるかのようだ。

管狐《くだぎつね》、イズナ、オオサキ、イタチ……どの呼び方が正しいのか僕も未だにわからないが、優希は生まれつき目に見えない狐の眷属《けんぞく》達に好かれていた。

彼女の髪の毛には不思議な力があり、これを持つ者は彼らの力を借りることができるのだ。非常に使い勝手がいい上に強力なので、多用してしまっている。

僕の体液にも呪術的な力があるが、限定された状況でしか使えない。それもあまり大きな声では言えない種類の活用法だ。

「友達にも言ってあるから、また髪の毛持ってくるね」

優希はそう言って機嫌よく笑っている。

「恵ちゃん、絶対私の髪の毛使うと思ってさ、使いやすいように伸ばしてたの」

「その、すごくありがたいけど、好きな髪型にしていいんだからな」

若い女性が呪具のために髪型も好きに選べないのでは申し訳ない。しかも優希はまだ学生だ。同意を得ているとはいえ、その彼女の髪の毛を呪術に使用するということ自体、本当は少し後ろめたいのだ。

「あ、ち、違うよ違うよ！　別にそのためだけじゃないし！　ショートにしたい気分だったし、この子達も活動範囲が増えて嬉しそうだし……違うし」

優希はもごもごと口の中で何か言う。

「いや、だってさ……やっぱ嬉しいじゃん。役に立つの」

優希は頭を掻いて、照れ臭そうに言った。

「私こんなだから、人に迷惑かけるばっかりなんだ。稼いでないし……実は今日ね、橋田さんに郵便局に行ってきてもらっちゃったのね」

必要な切手がコンビニエンスストアで取り扱われていなかったのだそうだ。

「橋田さんは、ついでだから別にいいのよって言ってたけど、急に情けなくなっちゃって、凹《へこ》んだ」

その気持ちは痛いほどよくわかる。僕も毎日のように思うことだ。「仕方ないのだ」と自分に言い聞かせても、ふとした瞬間にやりきれなくなる。普通の人にとっては、どうということもない仕事が僕らにとっては難しい。こんなことも一人では満足にできないのかと不甲斐なくなる。だから僕も、人に頼られると必要以上に張り切ってしまう。

「ちゃんと自分の稼ぎで人を雇ってる恵ちゃんはすごいよね」

「何言ってんだよ、そんなこと……っデリヘル……っ僕だって優ちゃんぐらいの頃は親の脛齧《すねかじ》ってた。……売り専っ……ごめん」

金銭的報酬を得る、ということから連想した言葉が出てしまう。

「橋田さんを雇う時に、ばあちゃんや優希の手伝いもしてもらうって言ってあるから、気にしなくていいんだ」

人に迷惑をかけるということにかけては僕だって誰にも負けない自信がある。そして、おそらく優希はその気になれば僕よりもずっと簡単に大金を稼げるだろう。敦子が彼女を保護するために、祓い屋の仕事をやらせていないだけの話だ。言えば「私も仕事がしたい」と言い出すのが目に見えているので言わないが。

「恵ちゃん、大人みたいなこと言ってる」

「大人なんだよ……っアナルパールっ」

「私だって来年二十歳だよ？　恵ちゃんは過保護だな」

優希は諦め続けてきた人間特有の酷く優しい顔で笑った。同じ木津家の呪いを受ける者として、夜ばかりの彼女のこれからの人生が明るいものとなるよう願わずにはいられない。

「過保護なんかじゃない」

「ふーん、じゃ、私、友達と飲む約束してるから」

「気を付けて！　迎えが必要なら呼べよ。時間は気にしなくていいから」

「ははっ、やっぱり過保護じゃん。うん、ありがと」

僕も自分にできることで盛田の役に立つのだ。今はそれだけを考えていればいい。


記憶を頼りに、文献を読み漁ったところ、翌日には修験道の呪術に原型らしきものを見つけられた。番《つが》いの鹿、つまり雄《おす》と雌の鹿を一頭ずつ殺し、その皮を使って護符を作るのだ。行者を護るためのものらしい。ありとあらゆる厄災を持ち主から退《しりぞ》ける、とある。だいぶ改変されているので、裏付けが足りないのだが、進捗状況を報告するために盛田に連絡した。

『へえ、もうわかったのかよ!』

「はい。調べることはまだありますが」

『番いか……、男か女、どっちか片方だけでもわかれば、もう一方の手掛かりにもなるってことだな』

皮の持ち主の男女も夫婦や恋人同士の可能性が高い。

『しっかし、早かったよなあ。もしかして、電話の時点でだいたい当たりが付いてたのか?』

「実はそうです……」

『やっぱりそうか。嬉しそうだったもんな。声ですぐわかったぜ』

俺は刑事だぞ、と盛田は得意げに笑う。少し恥ずかしい。盛田の笑顔を思い浮かべようとして失敗した。僕が実際に見た彼の笑顔は痴漢されていた少女に向けた微笑みだけだった。

彼は一体どんな顔をして笑うのだろうか。

『さすがだな。呪術のことはだいたい頭に入ってるってことか』

「海外の呪術はわからないものも多いですよ」

『それでもだ。そういや、木津さんが教えてくれた呪術の教科書、俺なんかでも読めるか心配だったが、用語の説明もあって助かったよ。最初は陀羅尼《だらに》って何だ?　ってなもんだったが、一冊読んだだけでも、だいぶ仕事がやり易くなった。ありがとうな』

「お役に立ててよかったです」

『参考文献に木津さんの名前があって驚いたぜ。あんた大学の先生なんだな』

「そんな御大層なものでは」

恩師の配慮で籍を置かせてもらっているだけだ。講義などはもちろんしていないし、研究室も持っていない。

『やっぱり、呪いの研究してる人は祓い屋も兼業の人が多いのか？』

「いいえ、そんなことはないと思いますが」

祓い屋には僧侶や神主が多い。彼らが呪術を学ぶのは大学ではない。祓い屋の中には、もちろん大叔母や再従妹のように生まれつき力を持っているだけの在家の人間もいるが、僕のように大学で専攻にしてまで呪術について学ぶ者は少数派だ。

『祓い屋もやって、警察への協力もして……大忙しだな。ところで木津さんはどうして呪術の研究なんかしてるんだ？　おかげで、こっちは助かってるが』

祓い屋の仕事だけでも目が回るほど忙しいはずだ。生まれつき呪術に対して強い耐性を持っているのだから、わざわざ呪術を学ばずとも食べていけるはずなのに、と盛田は言いたいのだろう。今までに何度も同じ質問を受けてきた。そのたびに僕は同じように答えている。

「それは……」

そんなの決まってるじゃないか。

無意識に手を強く握りしめていた。

「いつか、僕にかけられた呪いを解きたいからです」

仕事で関わる人々は、僕がただの若い男だということを忘れている。呪術の専門家であり、凄腕《すごうで》の術者としてしか見ない。だから、答えると決まってこう言われる。

呪いが解けたら、唯一の長所であるその力は消えてしまうのに、それでもいいのか？

盛田も例外ではなかった。

『解けたら、力もなくなっちまうんだろ？　大丈夫なのか？』

「そうですね。大丈夫ではないです」

今まで散々この力を利用して自分より弱い術者を屠《ほふ》ってきた。僕がただの人になったら、彼らに復讐されるのは目に見えている。僕だって自分の手足を食いちぎって出血多量で死ぬのは嫌だ。死に急ぎたいわけではない。

「それでも……僕は」

言葉にならない感情が渦巻いていた。満員電車での出来事が頭を過《よぎ》る。小学生の頃に受けた虐めや、大学生の頃の辛い記憶。僕を嘲笑う声。

「古い呪いです。呪われた経緯も定かじゃない……」

それでも調べ続けていたら、何かわかるかもしれない。

一度でいいんだ。

呪いに邪魔されず、誰かと向かい合って話したい。友達になりたい。無理やり言わされるんじゃなくて、好きな人に好きだと言いたい。そして、できれば愛されたい。許されたいんだ。解放されたい。

何を、何に？　わからない。とにかく全部だ。

けれど口には出せなかった。自分の醜さは知っている。呪いが消えたからといって、自分の醜さまで消えるわけではないことも。そんな僕が愛されたいと望むのは、あまりにも滑稽だ。

はあっと息を吐いて頭を振る。落ち着け。一度でいいから誰かに好かれたいなんて、そんなこと特に盛田には絶対に言ってはいけない。盛田は僕が彼に対して性欲込みの好意を抱いていると知っている。気まずい思いをさせても仕方ない。

「今まで誰も木津家の呪いを解くことはできませんでしたから、望み薄ですけどね」

黙ったままの盛田に焦る。急にこんな話をされて戸惑っているだろう。

「まあ、解けたら解けたで、僕は何の取柄もない役立たずになってしまうので、職を失って路頭に迷うわけですが……ははは」

少しおどけてみせる。乾いた笑いが虚《むな》しく響いた。ばつが悪い。

「そ、そしたら警視庁で雇ってもらえないかな。僕こう見えて体力だけはあるんですよ。長距離走は自信あります。犯人追いかけるなら任せてください！　なんて……」

『悪かった』

　唐突に盛田に謝られて驚いた。

『変なこと言ったな。電話での木津さんがあんまりにも普通だから……いや言い訳だ。無神経だった。すまん、謝る。呪いに苦しんだこともない俺が、どうこう言っていいことじゃなかった。そうだよな。木津さんはずっと自分にかけられた呪いと向き合って生きてきたんだもんな』

　盛田はそこで、ふっと息を吐いた。

『木津さんの呪い、解けるといいな。何か俺にできることがあったら言ってくれ』

「え……あ」

『それと、あんたが役立たずなんて、そんな馬鹿なことあるかよ』

　少し怒ったような口調だ。

『なあ、気付いてるか？　俺はまだ一回も、その呪われし木津家の力とやらをあてにして木津さんに電話したことはないんだぜ？　あんた自身が努力して手に入れた、その知識が頼りなんだ』

　盛田は悪戯っぽく笑う。

『今だから言うけど、俺は呪術なんか馬鹿にしてた。この仕事も辛かった』

一人きりでお飾りの部署に追いやられ、何をどうすればいいかもわからない。やる気など出るわけがない。

『木津さんに会いに行ったのも、総務部長の矢代さんへの義理を果たすためだった。こんなの所詮《しょせん》お遊びだ、捜査してるふりだけしてやり過ごせばそれでいいって』

そんな風には見えなかったが、今思えば確かに「さっさと終わらせて帰ろう」という意図が透けて見えていた気がする。僕と関わるのが嫌なのだと思っていた。両方だったのかもしれない。

『どうせ俺はもう二度と、まともな刑事の仕事はさせてもらえねえんだってな、不貞腐《ふてくさ》れてたんだよ』

その割にはずいぶんしっかりとした資料だった。根が真面目なのだろう。

『それに、木津家がその筋でどれだけ有名か、事前に矢代さんから聞かされてたしな。木津家には警察の捜査よりずっと大事な仕事が山ほどある、命がけの仕事だ、貴重な時間を割いてもらうんだから立場を弁《わきま》えろ、だとよ』

おそらく矢代は大叔母への畏敬《いけい》の念から木津家の祓い屋の仕事を大袈裟に話している。少し後ろめたい。

『命がけだあ？　それなら俺達刑事だってそうだ。呪術屋だか祓い屋だか、なんだか知らねえが、お高く留まりやがって、気に入らねえ』

盛田は笑った。そんな風に思われていたとは。

『だから、俺が担当してる事件なんざ後回しだろうって思ってた。まあいい、それなら、俺がやる気なくても問題ねえってことだから、かえって好都合だ』

それで、最初の電話の時はまるで僕が事件の資料など読んでいなくて当然という態度だったのか。

でもな、と盛田は続けた。

『実際話したら全然違ったよ。木津さんはマジで洒落《しゃれ》にならねえくらい命がけの仕事してるし、忙しいしよ。それなのに、すげえ真面目に調べてくれて、なんでかな、自分でもびっくりするぐらい、それが嬉しくてな。厭魅係の仕事を馬鹿にしない奴なんて矢代さん以外にいるわけねえと思ってたからよ』

盛田に対する捜査一課の面々の冷たい仕打ちを思い出す。

『木津さんが大真面目に高僧の頭蓋骨だの、なんだの言い出した時は正直戸惑ったが』

やはりそうだったか。

『けど、よく考えてみりゃ、呪物の調査なんだから呪術関係者から調べるのは、たとえ呪術がインチキだったとしても理にかなってる。なんで思いつかなかったのかっていうと……それは、俺がこの仕事を、呪術ってやつを舐《な》めてたからだ。認めるよ』

盛田はため息を吐いた。

『実はあの最初の電話の後、久しぶりにまともに仕事したんだぜ。恥ずかしい話だ』

そういえば盛田は同僚に給料泥棒と言われていた。

『呪術を信じるかって言われたら、まだわからんが、今は仕事が楽しいよ。木津さん、あんたが俺を刑事に戻してくれたんだ』

言葉が出なかった。

盛田は照れ臭そうに洟《はな》を啜《すす》り「また連絡する」と言って電話を切った。

頭が働かない。茫然《ぼうぜん》と通話終了の表示を眺めていると、スマートフォンに滴《しずく》が落ちた。

「あっ……わっ」

咄嗟に画面を拭ってから泣いているのだと気が付いた。慌てて目をごしごしと擦る。

「盛田さん、盛田さん……っ」

口が勝手に動く。呪いに言わされているのか、そうではないのか、今の僕にとってはどちらでも同じだ。

盛田は一体何を考えているのだろう。僕が彼に性的欲望を抱いていることはわかっているはずなのに、あんな態度を取られると勘違いしてしまいそうだ。もしかしたら、冗談か何かだと思っているのか。それとも忘れているのか。けれど、もうこの気持ちを抑えられない。

「盛田さん」

甘美な響きにうっとりする。

「好きだ」

呪いに逆らうことを忘れ、目を閉じた。

電話で話している間だけは、僕は頼りがいのある呪術の専門家でいられる。いくらでも自分を取り繕《つくろ》うことができる。盛田を不快にさせることもない。盛田は僕をまともな人間として扱ってくれる。しかし直接会えばそうはいかない。僕は汚物になり果てる。それは嫌というほどわかっているのだ。だが、それでも。

「あなたに会いたい。盛田さん」

……もしかして、会っちゃいけない、なんてことはないんじゃないか？

友達くらいになら、なれるんじゃないか？

だって盛田は今まで出会ったどんな人よりも優しい。酷い言葉をぶつけてしまっているのに、僕に笑いかけてくれる。きっと、嫌われてはいないはずだ。会いたい。盛田と会って話したい。笑った顔が見たい。

彼の可憐《かれん》に色づく目尻、泣き黒子、赤くなった太い首、むっちりした胸筋、汗で張り付いたワイシャツを思い出す。汗と柔軟剤の混じった、そのわずかな匂いすら蘇《よみがえ》ってくるようだ。またあの匂いを嗅《か》げるなら、僕はなんだってするだろう。

しかし、甘い願望に浸《ひた》っていられたのも次の言葉が出るまでだった。

「全身舐めて、しゃぶって無茶苦茶にしたい。押さえ付けて、あのむっちむちのデカい尻を犯してやる……っ」

パシッと口を押さえて俯いた。さっきまでの高揚感《こうようかん》が嘘のように心が沈んでいく。絶望と同時に安堵《あんど》した。危なかった。我に返れてよかった。そうだった。僕はこういう奴だった。

僕の欲望は紛れもない現実だ。たとえ盛田が忘れていようとも。

一度でも会えば盛田も僕がいかに酷い人間か思い出すだろう。所詮は電話で話している間だけの幻《まぼろし》だ。雑念は捨てろ。役に立つアドバイザーだと思ってもらえればそれでいい。

それ以上を望むのは、間違いなのだ。

それから数日が経った。順調に見えた呪術の調査は、またしても行き詰まっていた。すぐに目星は付いたものの、詳しい資料が見つからない。いくつかの書物に記載があるが、どれも同じ内容で、それ以上踏み込んだことは書かれていない。これは出典に記載されている経典にあたってみる必要がありそうだ。僕は一人で国会図書館にやってきた。

「……っ駅弁ファック……っ」

静かな書庫に突然卑猥な言葉が響き渡る。杖《つえ》を突いた男性が驚いたように、こちらを見た。

「す、すみません」

資料を手にしたまま頭を下げ、急いで閲覧用のデスクに向かい、ため息を吐く。

今日は橋田に車で送ってもらったので、電車で人々の好奇の目に晒されることはなかった。しかし、図書館の中ではそうはいかない。幸いにも館内は空いていて人も疎《まば》らだが、それでも気が滅入る。

橋田に資料を探してもらうことも考えたが、古文書の場合には書物自体に呪術が施されている場合があるので、一般人である橋田に下手に触らせて、危険に晒したくなかった。閲覧に許可が必要な資料をいくつも見て、ようやく目的のものにたどり着いた。朝ここへ来たはずなのに、もう昼だ。これでようやく帰れる、とほっと一息吐いた。

橋田に迎えを頼もうとスマートフォンを取り出したところ、メッセージに気が付いた。盛田からだ。捜査に進展があったようだ。急いで閲覧室を出る。

『よお、お疲れさん。今、電話して大丈夫か？』

「あ、はい。図書館ですが、通話していいエリアにいるので」

『そっか、俺は出張中だ。暑くて死にそうだぜ。いいな、図書館、涼しいだろ？』

そういえば盛田はいつも暑がっていた。思い出してクスリと笑う。といっても直接会ったのはたったの二回だが。

「ええ、涼しいですよ。快適です。外出は気が重いですけど、暑い日の図書館はいいですね。今は人も少ないし」

『あっ……ああ、そうか。そうだよな』

盛田が慌てたように言ったので、僕もはっとした。しまった、変に同情を買うような発言をしてしまった。

「えっと……何かありましたか？」

『ん？　寂しいから電話した』

語尾に笑いが滲んでいる。

なんでそういうことを言うんだ。

身体がかっと熱くなった。揶揄われているのだ。わかっている。わかっているのに嬉しい。それが悲しい。僕の心は穴の開いた風船のように、少しだけ膨《ふく》らんで、膨らみ切れないまま、ゆるゆると萎んだ。

盛田は笑いながら続けた。やや浮《うわ》ついた声だ。何かいい事でもあったのか。

『冗談だ。ちょっと報告があってな。いや、冗談でもねえか。同僚がいないってのは寂しいもんだな。誰も褒めてくれねえ。今俺、木津さん以外に仕事のこと話せる相手いねえんだよな。独り身だしよ』

捜査一課長は厭魅係そのものに対して否定的なので、相談には乗ってもらえない。それよりも上の人間となると、定期的な報告を行うだけで気軽な相談はできない。捜査一課の他のメンバーも馬鹿にして揶揄うばかりで、盛田には協力してくれないのだそうだ。

　というか、盛田は独身なのか。そういえば指輪はしていなかった気がする。望みなどないのに、どうしても意識してしまう。

『木津さんとの電話が唯一のまともな会話だぜ、可哀想だろ？　ちょっと頻繁に電話するくらい許してくれよ』

　こんな僕との会話を、まともな会話と。──それは相当だ。気の毒だとは思うが、これ以上言われたら、本気で浮かれてしまって何も手に付かなくなるのでやめてほしい。

「……っ、と、ところで、出張はどちらに？」

『西の方だよ。今から帰るとこだ』

　僕が行き詰まっている間に、盛田は着々と捜査を進めていたようだ。

　護符に使われた皮膚の持ち主の候補者が先に挙がったのは女性の方だった。

『木津さんに言われて絞り込んだんだが、男の候補者はそれでも、まだ数が多くてなあ』

　確かに、暴力団には呪術の関係者が多い。ヤクザに協力する修行僧や僧侶だけでなく、金儲けのために呪術を習得したヤクザもいると聞く。

　それに比べれば女性の候補者は数が少なかったので、条件に合う者全員のＤＮＡを照合することができたが、一人も一致しなかったのだそうだ。手詰まりだった。

『そこで、思い出した。木津さんは確か、呪術関係者の他に、極めて徳の高い人物って言ってたよな』

それは十年以上前の事件だそうだ。路上生活者に炊き出しなどの支援活動をしていた女性が不審死を遂《と》げた。自殺ということで片付けられたが、遺書もなく、当時から貧困ビジネスを収入源とする暴力団の関与が疑われていた。困窮者《こんきゅうしゃ》を食い物にしているのに、彼らを自立させられては困る、というわけだ。

『徳が高いっつったら、そういや、あの女性……ってな具合に思い出しただけだ。根拠はなかった。ただ、その事件があった頃、俺はまだ駆け出しで、最初は組対に配属されたのもあって、妙に印象に残ってたんだ。ニュースで見た親御さんの泣いてる顔が忘れられなくてな』

駄目で元々、事件の資料を閲覧させてもらうことにしたらしい。当時から気になっていた事件だ。無関係であったとしても、刑事として経験を積《つ》んだ今、事件の資料を見直せば、何か得るものがあるかもしれない。どうせ他にすることもない。その程度の気持ちで。正直に言えば、それほど成果を期待しているわけではなかった。

だが、どうも様子がおかしい。

まず資料が少ない気がした。あれだけ話題になり、迷宮入りに近い形で自殺と結論付けられた事件である。膨大な資料があってもよさそうなものなのに。段ボール箱から資料を全て取り出してみると、小さなメモが箱の隅でくしゃくしゃになっていた。

『まったく、証拠隠滅にしちゃ仕事が雑過ぎる。驚いたぜ。背部、臀部《でんぶ》の皮膚に大きな欠損あり、だってよ。そんなことは正式な報告書には一言も書かれてなかった』

慌てて遺体発見時の写真を探すが、背面を写したものは見つからない。司法解剖の記録にも、死因となった頭部外傷の所見が記載されているだけで、背部や臀部の損傷については言及されていなかった。

『こんな紙の切れ端だけじゃ、証拠としちゃ弱い。けど、疑う理由としちゃ十分だ。暴力団の関与が疑われる事件、奉仕の精神に溢れた被害者女性、大きな皮膚欠損……ＤＮＡがあの護符と一致すりゃあ、何もかもひっくり返るぞ』

ＤＮＡ鑑定のために遺族に協力を要請しに行ったのが今回の出張の理由だ。ご両親は快く協力してくれたようだ。

「すごい……お手柄じゃないですか！」

『わはは、そうだろ、そうだろ！　もっと褒めてくれ……なんてな、ただの運だ。こんなの捜査じゃねえ。まあ、嬉しいけどな』

両親は娘の部屋を、彼女が死んだその日のままに保存していた。おかげで髪の毛が採取できた。仏壇には彼女の臍《へそ》の緒もあったので、これも提供してもらえた。何度も警察に再捜査を嘆願していたが聞き入れられず、意気消沈していたらしく、凄まじい喜びようだったという。

『その時、ご遺族から聞いたんだが、捜査を担当していた刑事は亡くなったらしい』

事件が一応の終結を見て間もなくのことだ。交通事故だった。中央分離帯に激突し、即死だったそうだ。当日に何人もの同僚が酩酊《めいてい》した状態の担当刑事を目撃しており、飲酒運転だったことが裏付けられた。乗っていたのは担当刑事の自家用車、場所は内縁の妻の家の近く、通常の事故として処理された。警察官の飲酒運転というのは醜聞《しゅうぶん》だが、それだけだ。

『ちょっと前までの俺なら、怪しいとは思っても、そこまで確信は持てなかった。だけど今は違う。人間の心を操るのは呪術の得意分野なんだろ？　たぶん、ただの交通事故じゃねえ』

盛田の声が低くなる。

『証拠をもみ消して、事情を知ってたであろう担当刑事も消して、被害者家族が異議を申し立てているにもかかわらず、強引に自殺で片付けさせるなんて相当だぞ。しかも、つい最近まで真相は明るみに出なかった』

十年以上もの間だ、と盛田は低い声で言う。

『証拠隠滅の雑さも余裕の表れかもしれねえ。自信があるんだろ。いざとなりゃ、どうとでもできるっていう。やべえ奴が警察の内部にいる。木津さんに電話したのは保険の意味もある。もしも俺に何かあったら木津さん、あんたが……』

　血の気が引いた。なんてことだ。

「盛田さん、今すぐ帰ってきてください！」

『は？　ちょっと……何言って……』

「僕が迎えに行きます。いや、間に合わない。僕が行くまでは今から言う場所で保護してもらってください。信用できる人に護符か結界を……ああ、くそっ、なんで僕は盛田さんに何の対策も取らせずに今まで……畜生《ちくしょう》！　とにかく、すぐに行きますから！」

　今は呪いから自由なはずだが、言葉が止まらなかった。自分が今どこにいるかも忘れて大声を出してしまう。

『お、おい、だ、大丈夫だって、落ち着け』

「これが、これが落ち着いていられるわけ……なんでそんな危ない事を一人で……」

　手が震えている。盛田に何かあったらと思うと怖くて堪らない。涙声になってしまう。

『わ、な、泣くな！　泣くなって！　大丈夫だから！　あとちょっとで新幹線が来る。二時間半後には東京だ！　な！　すぐだよ』

　今は駅のホームで新幹線を待っているらしい。

「でも……」

『あのな、俺はこれでも刑事だぞ。ちょっとは信用しろ』

そこまで言われると食い下がるのも気が引ける。

「とにかく……気を付けて帰ってきてくださいね」

不安が拭えない。帰ってきたら盛田に護身用の呪物を押し付けようと密かに決意した。

『まったく、ちょっと前までは自分が呪われる心配なんかされるとは思いもしなかったな』

盛田は苦笑する。

『考えてみりゃ木津さんと会ってからまだ二か月も経ってねえんだよな』

「そう言えば、そうですね」

『初めて会った時には度肝抜かれたぜ』

僕は駅のホームで痴漢の腕を摑みながら卑猥な言葉を叫んでいた。

「お、お恥ずかしい」

『いや、恥ずかしいのは俺の方だった。こんなおっさんが赤くなってよ、みっともねえ』

盛田は本気で恥じているようだ。

『あの時は悪かった。事情をよく知らなくてな。その、なんだ、思ってもないことが口をついて出るんだろ？　連想しただけのこととかも。しかも、エロいことに限って……俺が木津さんと同じ呪いにかかったら、絶対もっとやばいぞ』

盛田は朗《ほが》らかに笑い飛ばす。

『ただ、不思議なんだよな。電話では普通に話せるってあの場で言ってくれればよかったのによ。なんで言ってくれなかったんだ？』

ぐっと言葉に詰まる。

そうだよな。普通に考えたらそうなるな。

もちろん電話で話すのは僕にとって危険な行為だからだ。だが言わなければ、僕は相手を不快にさせないように会話する術《すべ》を持っているのに、さしたる理由もなくそれを怠っている、ということになってしまう。迷った末に事情を明かすことにした。安全上の理由から秘密にしているという事も含めて。

『じゃ、じゃあ、木津さんが今誰かに呪われたら、抵抗できないってこと、か？』

「そうなりますね」

『しかも今どこにいるって？』

「図書館です」

護身用の呪具は身に着けているが、自宅と違ってここには強力な結界はない。

『おまっ……散々人の心配しといて自分の方がやべえじゃねえか！　切った方がいいか？すまん、知らなくて……今してる話なんか、完全に雑談だろ』

「え？　……ま、待って、大丈夫ですから！　切らないでください！」

今電話を切ったらもう二度と盛田は僕に電話をくれないような気がして、つい大声を出してしまった。盛田は僕の剣幕《けんまく》に面食らったようだ。

『お、おう……？』

「す、すみません。大声で……あー、大叔母は気にしますが、普通に考えて突然誰かに呪われることを心配してもしょうがないんですよ。そんなこと言ったら、この世の大多数の人は呪いに対して無防備です。家系が家系なので気を付けるに越したことはないですが、話す必要があることを諦めてまで厳守するようなものではないですね」

『で、でもよ……』

「変に遠慮して盛田さんが危険に晒されるようなことがあれば、僕はその方がずっと嫌なんです。お願いですから、少しでも危ないと思ったら、いつでもすぐに連絡をください」

『そ、そんなもんか……？』

「そうです」

強く言い切ると盛田は不承不承《ふしょうぶしょう》頷いた。僕のことより自分を心配してほしい。

「そ、それから……その、僕の、なんていうか、言動、についてですけど」

真実を告げるべきかどうか迷った。だが、僕の発言のせいで赤くなってしまったことを、みっともないと恥じている男を相手に、自分にとって都合のいい勘違いをそのままにしておくのは不誠実であるような気がした。

僕はこの体質なので嘘を吐いてもすぐにばれる。正直でいること以外に他人への誠意の示し方がわからない。そして今言わなければ、きっと言う機会は二度とおとずれないだろう。

「も、もちろん思ってもいないことを言ってしまうこともあります。卑猥なことを考えていない時は無意識の領域から呪いが言葉を拾ってくるんだろうと思います。単純な連想の場合もあります」

脈絡なく単語を叫ぶ場合などがそうだ。

「でも、盛田さん、あなたに対して言ったことは……」

自己嫌悪で胸が苦しい。失礼な発言の数々を思い出す。

「盛田さんについては、思ってもいないこと、ではないんです。酷いことを言いました。でも、たぶん、あれは僕の本心だ」

『……え』

「本当に申し訳ありません」

『は……？　う、うそだろ……？』

盛田の声は震えている。

「嘘じゃない。だから、盛田さんは自分をみっともないなんて思う必要はありません。僕に対する罪悪感もいりません。あなたは動揺して当然のことを言われてたんだ」

『……なっ……!?』

きっと盛田は今、目を潤ませて首筋まで真っ赤になっているのだろう。髭の生えた顔を大きな手で隠して、恥ずかしそうに。そんな資格はないとわかっているのに、思い浮かべるだけで愛おしかった。胸を掻き毟《むし》りたくなるほど。

たぶん僕は、盛田のその姿を二度とこの目で見られないから。

「それから、僕は警察の仕事はとても重要なものだと認識していますし、祓い屋の仕事のために、ないがしろにしていい、なんて思っていませんが、僕が一生懸命だった理由は、もちろんそれだけじゃない」

盛田は僕が真剣にこの仕事に取り組んだことに感謝していたが。

「あなたに悪い事をしたから罪滅ぼしをしたかった。それに、捜査の役に立つと思ってもらえたら、盛田さんは僕と話してくれる。こんな……僕とでも」

しばらく沈黙が続く。実際には数秒だったかもしれないが、永遠のように感じた。やっぱり言わなければよかった。電話を切られるかもしれない。

そう思った時、盛田が口を開いた。

『俺……あの、あれは、呪いのせいで、口から出ちまっただけの一時の気の迷いっていうか、あるだろ、ほら……いや、わかんねえけどよ、すれ違っただけの人間でも外見がタイプだとか、そういうやつだと思ってて』

やはりそうだったか。

『そ、そんなの本気にして狼狽えるのは、ば、馬鹿みたいだろ？　いいおっさんが。それに電話で木津さんは全然普通だったから、なんだこいつ、やっぱり俺のことなんか何とも思ってねえんじゃねえかって……いや、あんたは真面目でいい奴だし、感謝してる。でも正直ちょっとムカついてたんだ。こっちは振り回されて大変だったたってのに、涼しい顔しやがって、ってな』

そんな風に思っていたとは、気付かなかった。

『もう絶対に、意地でも動揺したりするもんかって、頑張って気にしないようにしてたんだぞ、こっちは。それでようやく普通に話せるようになったってのに……畜生……ちょっと待ってくれ、じゃあ、マジで、マジなのか……うそだろ』

そこで僕はようやく、盛田に悪い事をしたのかもしれないと気が付いた。

盛田は僕に気を許してくれていた。盛田の言う「寂しい」は本音だったのだ。寂しかったから、自分に対してセクハラ発言ばかりしていた得体の知れない若造にも、うっかり気を許してしまった。盛田はできることなら勘違いしたままでいたかっただろう。この事件の捜査はまだ続く。嫌でも僕と関わらなければいけないのに。

『そんな……』

盛田が漏らす。思わず身構えた。

そんなつもりはなかった？　勘違いするな？

『じゃ、じゃあよ。い、今もなのか?』

「……え?」

『木津さんは、今も俺に……そういう、ことを、か、考えてるのか?』

「は?」

だが、予想もしなかったことを突然聞かれて頭が真っ白になった。

今僕が考えていること? なんでそんなことを聞くんだ。

僕にとって本心は隠そうとしても隠せないものだった。呪いに言わされるだけのものだった。そして本心を晒せば必ず笑われた。むしろ、聞きたくもないから隠しておけ、とすら言われた。

決まってるだろ? わからないのか? 僕は盛田さんとヤりたい。いつだって。

いや、盛田にはわからないのかもしれない。なにせさっきまで盛田は僕が彼に恋をしていることも知らなかった。

どう言えばいいんだ。どう言うのが正解なんだ。わからない。だってそんなことは初めて聞かれた。盛田にこれ以上嫌われたくない。だが、盛田に嘘も言いたくない。

そもそも、今、僕が考えていることは何だ? 僕は何を考えているんだ?

禅《ぜん》問答のような葛藤は長くは続かなかった。

『いや、いい! そんなこと言わなくていいんだ! 今のは聞かなかったことにしてくれ』

盛田は取り繕うように言った。

『すまん、本当に悪かった。俺は、なんてことを……』

「い、いいえ……？」

盛田は何か謝罪すべきことを言ったのだろうか。よくわからない。

その時、電話の向こうでアナウンスが響いた。新幹線が出発する時間だ。

『くそっ……悪い、時間だ』

「あ、は、はい」

『今日は俺が全部悪かった！　また連絡する』

通話は切れた。しばらく呆然としていたが、警備員が僕をじっと見ているのに気づいて、はっとする。今、僕は図書館にいたのだった。慌ててその場を立ち去る。いくつかの文献の複写を頼んで、国会図書館を後にした。

家に帰って最初にしたことは、盛田のために護身用の呪具を作ることだった。

そして、いつ盛田から連絡がきてもいいように資料を読み込んだ。気が急いているせいか、すぐに終わった。呪いの概要はわかった。後は実際の手順について、もう少し調べるだけだ。

だが、待てど暮らせど盛田から連絡はこない。心配になって、メッセージを送ったが返信がなかった。電話にも出ない。

まさか盛田の身に何かあったのでは。

警視庁に電話してみようか。いや、そんな、過保護な親じゃあるまいし。

頭の冷静な部分が僕を窘める。しかも僕は盛田に気持ちを伝えたばかりだ。盛田は僕を鬱陶《うっとう》しいと思うかもしれない。けれど心配でたまらない。

鬱陶しいと思われて済めばいい。すでに何か起きていたら？

そう考えると居ても立ってもいられなくなった。矢代に電話したところ、秘書と思われる男性が出て、笑いながら教えてくれた。盛田は出張から帰ってすぐに矢代のところへ報告しに来たそうだ。刑事部長も交《まじ》えての話し合いの最中だという。

つまり盛田は無事だった。身体から力が抜けた。

考えてみれば当たり前だ。すぐにでも報告が必要だろう。忙しいに決まっている。警視庁で調べていた事件が、他の県警の重大な違法行為を暴くかもしれないのだ。

安堵すると同時に頭が冷えてきた。

たとえ盛田に何事もなくても、盛田が僕からの電話に出ないことは大いにありうるのだ。電話を切る間際の盛田はなぜか僕に謝罪し「また連絡する」と言っていたが、考えが変わっている可能性もある。自分に性的欲望を抱いている男に対して気安く接してしまったことを悔《く》いているかもしれない。僕に嫌悪感を抱いている可能性すらある。

慌てて盛田にメッセージを送った。重荷にはなりたくない。先程のメッセージや着信は気にしなくていいこと、ゆっくり休んでほしいので返信は必要ないことなどを書き連ねた。丁寧過ぎて不自然になっていないか、彼への劣情がいやらしく滲み出てしまっていないか気になったが、気にしても仕方ない。どうせ自分ではわからない。

「はあ……」

ベッドに倒れこむ。胸の中がもやもやとして落ち着かない。

心配だった。今無事でも、これから先も盛田が無事である保証はない。

早く盛田にこの呪具を渡したい。できれば直接会って、いつも身に着けているように説得したい。無事な姿を一目でいいから見たい。そうすれば僕も少しは安心できる。

でもなあ。

盛田が近くにいるというだけで、きっと僕は激しく興奮してしまうだろう。どんな言葉を投げかけてしまうか想像もつかない。

それを警視庁の職員に、盛田の知り合いに聞かれたら？

きっと八重山のような無遠慮な人間が警察関係者には山ほどいるのだ。僕が盛田に対して「抱きたい」だとか「可愛い」だとか言っているのを見られたら、間違いなく盛田は笑われる。盛田の見た目は男らしくて頼もしいから余計だ。

盛田は同僚達からよく思われていないようだ。ちょっとした嫌がらせは日常茶飯事なのだろう。おそらく憧憬《どうけい》や羨望《せんぼう》の裏返しだ。彼は有能で見た目もよく、人柄も優れている。誰からも一目置かれる存在だったはずだ。何があったのかは知らないが、そんな彼が今や落ちぶれて、得体の知れない部署に追いやられている。

手際よく捜査を進めながらも、仕事仲間がいなくて寂しい、と笑っていた。その彼が僕の言動のせいで同僚に笑い者にされるのかと思うと胸が潰れそうだった。

実際、僕と電話していた時にも盛田は同僚に揶揄われていた。電話口では僕を気遣っていたが、本当は反論したかったに違いない。

あの変態野郎を俺が誑し込むだって？　冗談でもやめてくれ、気色悪い、と。

そういえば、駅で痴漢を捕まえた時も、盛田は自分に対する僕の卑猥な発言を、知り合いの女性警官に聞かれまいと必死だった。

きっと僕には会いたくないだろうな。

現に盛田は始めに木津家を訪ねてきてからは一度も僕に会おうとしない。資料をわざわざ電話口で読み上げたりしてまで、頑なに電話だけで要件を済ませていた。

あれ？　そういえば、なんでだ。

もちろん今は僕の想いを知っているので会いたくない気持ちはわかる。だが盛田は僕の言動を冗談のようなものだと思っていたらしい。それにもかかわらず、電話やメッセージのやり取りのみだったのは、なぜだ。もしも彼が本当に僕のこの卑猥な発言を無視できるのなら、彼が嫌なのは同僚や通行人に僕と話しているところを見られることのはずだ。資料を見せに木津家へ会いに来るぐらいはしてもよさそうなものなのに。その方が話も早かっただろう。

「あ……」

冷やりとしたものが胸に落ちてきた気がした。

彼が木津家に来た時のことを思い出した。真っ赤になって胸を隠し、信じられないようなものを見る目で僕を見ていた。

馬鹿か僕は。

僕の気持ちが本気だろうが、そうではなかろうが、彼にとっては大した問題ではない。同僚の好奇の視線だって、おまけのようなものだ。僕はすでに取り返しのつかないことをしていた。絶対に許されないことを。彼を視線で犯して、それを告げた。赤くなる彼を可愛いと言った。辱めたのだ。そんなことをする人間と会いたいと思うわけがない。

「……いつかっ……あのケツ犯してやるっ」

タイミングよく、呪いが追い打ちをかけてくれる。顔が歪んだ。

わかってたはずだろ。

どんなにいい関係を築けているように見えても、電話でのお喋《しゃべ》りは所詮、役者も観客も納得ずくのお芝居でしかない。

……そこで話している僕は本当の僕ではないし、盛田は仕事のために我慢を強いられている。盛田は真っ当な人間なので、個人的な感情に蓋《ふた》をして、仕事に協力してくれる呪術の専門家に礼儀正しく接しているだけだ。

いつの間にか勘違いしていた。あんなに気を付けて自分に言い聞かせていたのに。

盛田が優しいから？　盛田自身も僕の酷い言葉を忘れようとしていたから？

そりゃそうだ。だって盛田は僕が協力してくれないと困るんだから。

見下げ果てた野郎だ。なんて図々しい。自分がどんな人間かも忘れて。大それた望みを。

会いたい、だなんて。

やがて笑いが込み上げてきた。耐え切れずに顔を覆う。

いつもこうだ、僕は。

大学生の頃に一度だけハッテン目的のパーティーへ行ったことがある。

このまま一生誰とも触れ合えず、恋人どころか友人にすらなれずに死ぬのかと思うと堪らなかった。とにかく出会いが欲しかった。

ゲイバーでは会話を求められる。僕は不利だ。不利というか、無理だ。下手をすると出入り禁止になりかねない。マッチングアプリだって同じだ。会えば僕がおかしな人間だとばれてしまう。二人きりで誰かと会って、相手を怒らせるのは怖い。

だがハッテン場は誰もがそういう目的でやってくる。すれ違いざまに尻を触られたり、キスされたりすることもあると聞いた。僕が卑猥な言葉を連発していても、さほど問題にはならないだろう。

僕の読みはある意味当たっていた。僕は会場を追い出されたりはしなかった。しかし、あまりにも奇妙な言動のせいで悪目立ちしていた。言動と不釣り合いな慣れない様子を面白がられ、大勢の人間に囲まれた。

そんな時、一人の男がすれ違いざまに僕に笑いかけた。体格がよくて、首が太かった。きっと彼は可哀想な奴を嘲笑っただけなのだと今ならわかるのだが、緊張して不安だった僕はその笑顔にころりと参ってしまった。

思い切って声をかけた。一周回って逆に何でもできる気分になっていた。ここまで来たら、もう怖いものはなかった。僕が呪われていなくて引っ込み思案なだけの、ただの大学生だったら声は出なかったかもしれない。普段は呪いを嫌がっているくせに、どこかで呪いを言い訳にするような、そういう少し図々しいところが、その頃の僕にはあった。

そのせいかどうかわからないが、彼は僕を見て嗜虐心《しぎゃくしん》が煽《あお》られたようだ。こっちだ、と言われて、夢見心地でついて行くと、数人の男が待っていた。僕を乱交のメンバーに加えようというのだ。僕はすっかり戸惑ってしまった。渋っても、呪いのせいか言動が定まらないので、なかなか聞き入れてもらえなかった。だが、それでも拒否し続けると彼も諦めた。

「お前さ、ヤりに来たんじゃないの？　せっかく誘ってやったのに」

彼の言う通りだ。ここはそういう場所だ。そのはずなのに、僕は酷く傷ついた。僕の顔を見て彼は興を削がれたようだ。舌打ちして僕を解放した。

それから僕は、つい先程まで恋をしていた相手が何人もの男と代わる代わる交わる様をただぼんやりと見ていた。こういうシチュエーションの動画はそれまでに山ほど見てきた。実際に見たら、さぞ興奮するだろうと思っていた。だが、心は凪《な》いだままだった。

隣で歓声が上がったので、何事かと見に行くと、ある男がプロポーズに成功したらしい。すっかりお祝いムードだ。

訳がわからなかった。

もちろん男が男にプロポーズすることが、ではない。

プロポーズした男も、プロポーズされた男もさっきまで互いの目の前で、それぞれ別の男と抱き合っていたのだ。そして、相手をしていた彼らは、そんなことはすっかり忘れてしまったかのように、そのカップルを祝福している。

呆然としているうちに、胴上げが始まった。

僕は口を開けて突っ立ったまま乱痴気《らんちき》騒ぎに巻き込まれた。プロポーズした方の男が、今日は俺の奢《おご》りだ、と言い出したので、野太い歓声が上がる。

結局、僕は誰とも触れ合うことなく、金すら払うこともなく、とぼとぼとその場を後にした。それ以来その手の場所には足を踏み入れていない。

　ゲイ文化にそういった側面があることは知っていた。そういうものだと納得していたはずだった。だが、知識として知っているのと、肌身で感じるのとでは大違いだ。自分でもびっくりするほど強い抵抗感があった。

　あの場にいた人達はきっと山ほど普通の恋愛を経験しているのだろう。会話して、お互いを知って、キスをして、その上で関係するような、心と心のやり取りは飽きるほど経験した上で、さらなる刺激を求めてあの場に行ったのだろうと思った。僕は入り口にすら立っていなかったのに、いきなりボーナスステージのような場所へ行ってしまったのだ。

　耳年増になった今では必ずしもそうとは限らないと知っているのだが、それでも、もう、あの場所へ行く気にはならなかった。

　打ちひしがれた僕は大学卒業と同時にフィールドワークを兼ねて出家した。人間関係を積み重ねることでの精神的な成長が望めないのであれば、別の方面から精神を鍛えるしかない。というのは建前で、とにかく忘れたかった。

　幸いなことに修行僧の生活は僕に向いていた。男性ばかりの閉鎖環境での虐めがないわけではなかったが、僕と同じように訳あって救いを求めている若者も多かったので、僕の奇妙さも、さほど特別視されなかった。

　体力と根気と記憶力だけはあった僕は順調に修行を進めた。一日に何十キロも山野を駆けまわって巡拝し、それを数年に渡って毎日のように続ける荒行が始まった。だがそれを一段落させた時点で異変に気が付いた。

身体が青い炎を発し、肉が削げ落ちて骨になり、額から二本の角が生えてきたのだ。住職はすぐに僕の姿の意味を悟《さと》ったようだ。僕の先祖が誰なのか知っていたからだ。崩れるようにひれ伏した住職に拝まれて、僕は慄《おのの》いていた。

すぐに緊急会議が開かれた。両親と大叔母も東京からわざわざ呼び出された。

僕はすでに次の段階の修行に推薦されていた。やり遂げられるとも思っていた。何人かの高僧の再来を望み、僕に修行を続けさせるべきだと推す声も多かったが、これ以上荒行を続ける事で僕が完全に人ではない存在となってしまった場合、何が起こるか誰にもわからない、ということで僕の修行はそこですっぱり中止となった。

とりあえず始めてみる、ということはできなかった。この次の行はやり遂げられなければ自刃《じじん》する、という不文律があり、行者は自刃のための刀と葬式代を常に持ち歩くことになっているからだ。

結局僕は寺からも追い出された。そんな僕に、まともな就職先が見つかるわけもなく、出身大学の院に進学して、この家に戻ってきた。後は知っての通りだ。

いつの間にか眠っていたようだ。夢を見ていた。願望だけでできたような都合のいい夢だ。

僕はあのパーティー会場にいた。僕がすれ違ったのは乱交に誘ってきたあの彼ではなかった。泣き黒子のある横顔、あの彼よりもずっと実戦的に鍛えられた大きくて逞しい肉体、盛田だ。僕がぎこちなく誘うと盛田は真っ赤になった。強面の厳つい顔で俯いて口籠もり、狼狽えていた。僕よりずっと初心《うぶ》そうに見えた。

次の瞬間、僕と盛田は喫茶店にいた。窓の外に噴水が見える。噴水の周りには花が咲き乱れ、人々が行き交っている。なんだかテレビで見た外国の風景のようだ。それもそのはず、僕は喫茶店に入った事などなかった。

僕と盛田は和《なご》やかに話している。事件のことだけでなく、他愛のない雑談も。不思議と卑語は出てこない。ウェイターにさらりとお礼も言える。楽しかった。盛田の笑い声がする。この時間がいつまでも続けばいいのに。

二人で喫茶店を出ると僕の寝室だった。盛田は胸に抱えたファイルをそっと離した。まるで僕に捧げるように。白いワイシャツに包まれた大きく張り出した胸筋が露わになる。僕はネクタイの下に指を入れ、彼のはち切れそうな胸のボタンに手をかける。

盛田は目を逸らして項《うなじ》まで真っ赤になっているが、抵抗しない。盛田の汗の匂いがする。

ああ、彼はなんて可愛いんだろう。

目が覚めた。朝日が眩《まぶ》しい。少し寝坊した。

嫌な感触だ。下着が濡れている。夢精していた。

「くっそ……」

雑にティッシュペーパーで拭ってから、スマートフォンを確認した。

盛田からのメッセージはない。指に精液が付いていたようで、画面が汚れた。

「やっべ……あーもー」

尻を半分出したままの間抜けな格好でデスクへ向かい、ウェットティッシュを取り出す。

結局、何をやっても中途半端なんだよな、僕は。

自分が情けなかった。呪われているということよりも、この煮え切らなさが。

大学生の僕は、セックスだけでいいと割り切ってハッテン場に行った。だが、いざそれを突き付けられると、まるで心無い大人に夢を壊された子供のように被害者面をして、勝手に傷付いて、また殻に閉じ籠もってしまった。

僕にだってわかっている。望むものを本気で手に入れたいと思うなら、やけくそになって身体だけの関係を求めるべきではなかったのだ。どんなにぎこちなくとも、笑われようとも、しかるべき場所で相手を口説くべきだった。

心が欲しいと言うべきだった。

もう一度向き合う勇気もなく、自分の肉体を苛《いじ》め抜くことに逃げた。そんな動機で精神的に成長できるわけがないのだ。そして、未だに誰のことも本当には大切にできていない。

自分が盛田をどれだけ辱めたのかも都合よく忘れて、呑気に幼い恋心を抱き、夢の中で汚した。未熟で自分勝手で、あの頃から少しも変わっていない。

「はあ……」

もう盛田と電話で話すのはやめよう。

最初からこうするべきだった。僕にはまともな人間のふりをして盛田と会話する権利などなかったのだ。わかっていたのに、盛田に恋をするあまり、それに目を瞑っていた。よく考えれば、そもそも盛田と頻繁に電話で連絡を取り合う必要はない。書面での報告で十分だ。もう少し捜査は続くだろうが。

いや、そうとも限らないか。

路上生活者の支援を行ってきた女性と人皮の護符のDNAが一致すれば、再捜査が始まる。しかも、警察組織に内通者がいるのはほぼ確実だ。大変な不祥事《ふしょうじ》が発覚することになる。合同捜査本部が設置されるかもしれない。

担当地域でなくても、盛田もこの件の立役者として捜査に加わる可能性がある。彼のやりたがっていた「まともな刑事の仕事」だ。相棒どころか、大勢の仲間と協力することになる。寂しくもなくなるだろう。

もっと褒めてくれ、と無邪気に笑っていた盛田を思い出す。

なんだ、そっか。昨日が最後の電話か。

「あなたが好きだ、って言えばよかったかな……」

呪いに言わされるのではなく、自分の口で。せっかく盛田は僕に気持ちを聞いてくれたのだから。

だが、それも完全な自己満足だと気が付いて苦笑した。彼はすでに僕の気持ちを知っている。僕はイカ臭い部屋で汚れた下着を脱いで、のろのろと着替えた。

その後、報告書を仕上げている最中に盛田からのメールがあったが、僕は気付かないふりをした。通知画面を見れば内容はわかる。電話前のメールだ。『昨日はすぐ返信できなくて悪かったな。嬉しいニュースだ。今電話していいか？』というだけの。切迫した危険はなさそうなので、無視しても問題ないだろう。

今まで僕はずっと盛田のメールにはすぐに返信してきたので、盛田は首を傾げるかもしれないが、おおらかな彼はきっと許してくれる。どうせ、すぐに忙しくなって、僕のことなど気にしなくなるだろう。それに僕にはもう彼と話す勇気はなかった。

続いて電話がかかってきたが、これも無視した。時間を置いてメールに返信すればそれで済む。調査がほとんど終わりつつある今、僕が捜査の詳しい情報を知る必要はないのだ。スマートフォンを机に放置して部屋を出た。橋田が出勤してきたからだ。

「橋田さん」

「先生、おはようございます。なんか顔が暗いですよ？」

「……っハッテン場……夢精っ……い、いやちょっと寝不足で」

「ふうん、ならいいですけど、なんですか？」

橋田は僕の卑猥な言動にも全く動じない。いつもながら頭が下がる。

「警視庁へ行って、これを盛田さんに渡してもらえませんか？」

昨日作った護身用の呪物だ。優希の髪の毛を編み込んである。使用法を記《しる》した簡単な手紙と共に橋田に渡す。本当は自分で渡したいが、直接会いに行くなんてもってのほかだ。

「わかりました。急ぎますか？」

「はい、できれば急ぎで。すみません」

まともな刑事の仕事に戻るとしても、もう盛田はこちらの世界に足を踏み入れてしまっている。捜査を進める過程で、危険な術者と接する機会があるかもしれない。これさえ身に着けていてくれれば、大抵の呪術は怖くない。

部屋に戻るとスマートフォンは沈黙していたが、通知画面が光っている。

何回もかけ直させてしまったようだ。申し訳ない。数件の着信履歴の後に、もう一通のメッセージがあった。『やったぜ、ビンゴだ！』とだけある。

おそらくDNAの鑑定結果のことだ。思わず笑う。本来メッセージで伝えるような内容ではないが、早く誰かに伝えたくて仕方なくて、最低限の言葉を送ったのだろう。嬉しそうな盛田の声が耳に蘇るようだ。

こうして盛田が僕に捜査状況を報告してくるのも、きっとこれが最後になる。すぐに彼は職場で引っ張りだこになるに違いない。

僕は電話に出られなかったことを詫びるメッセージを送った。そして、捜査が進展したことへの祝いの言葉を具体的な単語は伏せて伝える。また、護身用の呪具を橋田に届けさせるので受け取ってほしいこと、護符についてはほとんど調査が終わったので報告書にして郵送すること、などを書いた。

直接会えなくても呪術は使える。最大限の備えをして盛田を守る。

僕が盛田にできるのはそれだけだ。

だが、報告書を送った後、総務部長の矢代から連絡があった。学術的な裏付けや推測だけでは足りないそうだ。呪符が実際に効力を発するところを記録に残してほしいと言われた。つまり警視庁に実物を取りに来い、ということだ。

困ったな。

僕の予想に反して、盛田はあれから何度か連絡をくれたが、僕は盛田からの着信を無視し続け、簡単なメールのやり取りしかしていなかった。さすがに盛田も僕に避けられていると気付いたはずだ。非常に気まずい。

だが、警視庁に向かうとなると盛田に連絡せざるを得ない。これは厭魅係の管轄なので、盛田を経由せずに話を進めるのは、あまりにも感じが悪い。可能であれば直接会わずに済ませたいが、難しいかもしれない。

　橋田に取ってきてもらうか。

　しかし、あの護符が僕の推測通りの代物なら素人に扱わせるのは危険過ぎる。あれは物理現象に干渉できる類の呪物だ。つまり非常に価値が高い。そして、あの事件で効果は実証済みだ。その道の玄人にはすでに噂が広まっているだろう。素人に携帯させたら、手段を選ばず強奪される可能性がある。下手をすると殺される。

「……行くしかないか」

　盛田に電話をすることにした。ひょっとすると盛田はもうすでに厭魅係の任を解かれているかもしれないが。ワンコールで盛田が出た。

『木津さん!?』

　少し焦ったような声に申し訳なさが募《つの》った。久しぶりに聞く盛田の低い声、なんだかそれだけで少し泣きそうになる。必死で鼻声を隠した。どうしても声が沈む。

「もしもし、木津ですけれども」

　僕につられたように盛田の声のトーンも下がる。

『あ、ああ、久しぶりだな……何度も電話したんだぞ。忙しかったのか？　何かあったのか？　俺、その、なんかしたか？』

「いいえ！　違います、そういうんじゃ……」

盛田が何かするなんてありえない。僕が勝手に舞い上がって、勝手に落ち込んでいるだけだ。いつの間にか自分が気持ちの悪い勘違い野郎になっていたと気付いたのだ。

「こ、この間からタイミングが合わなくて、それだけです。すみません」

『……っ、そんなわけ……っ』

「や、ちょっと仕事が立て込んでまして」

見え透いた嘘だ。電話でも僕は嘘が下手くそだ。今も、嘘吐くんじゃねえ、という無言の叫びが電話越しの盛田の沈黙から、ひしひしと伝わってくる。だが盛田はため息を吐いて、言葉を呑み込んだ。

『っ……そうかよ。で、どうした？』

「あの、例の護符のことなんですけど、盛田さんにお伺いしても大丈夫ですか？」

『何言ってんだ。俺以外にいねえだろ』

どうやら盛田はまだ厭魅係のままらしい。苛立った声だ。嫌悪感を押し殺して礼儀正しく接してきたのに、何の理由もなく急に避けられるようになったら、誰だってそうなるに決まっている。酷い態度で申し訳ないとは思うが、僕も理由を上手く説明する自信がない。

好きになってしまってごめんなさい、とでも言うしかない。

「え、でも、あの女性の殺人事件の再調査は？」

盛田も捜査に加わるのではないだろうか。それとなく聞いてみたところ否定された。

『ないない。まだ先の話だ。監察官も絡むかもしれねえし、いろいろ難しいんだ。慎重に動かなきゃならねえ。矢代さんも頭抱えてたよ。相当めんどくせえ事になるみたいだな』

そうだったのか。

『まあ、もしも再捜査が始まっても俺が呼ばれるのは、ありえねえな』

乾いた口調で盛田が続けた。一体どういうことだろう。

『それより、珍しいこともあるもんだな。電話も取れねえくらい忙しい木津さんから、わざわざ、かけてくれるなんてよ』

嫌味を言われた。だが盛田の言葉だというだけで胸が甘く疼《うず》く。もっと聞いていたい。盛田がくれるものなら、なんだって構わない。これで終わりなんて嫌だと叫びたかった。しかし、そういうわけにもいかない。

「実は……」

事情を話した。

『わかった。木津さんに、あの呪符の実物を預ければいいんだな？』

怒っていても彼は大人だ。しかも有能な刑事なので、さっそく対応してくれるらしい。

「はい。実証実験はなるべくなら家でやりたいんです。家なら結界も融通が利きますし、警視庁でやるよりも安全でしょう」

『呪物の管理は八重山さんだから、俺から言って預かっとく。で、どこで落ち合う？』

八重山、僕を散々に馬鹿にしてくれたあの刑事だ。警視庁へ行くということは彼のような輩と山ほど顔を合わせなければいけないということだ。以前の僕であれば強いストレスを感じただろうが、今の僕にとっては些細なことだった。盛田に酷い言葉を聞かせて、嫌悪されることと比べれば、八重山からの罵倒《ばとう》など何ともない。

「ありがとうございます。でも、盛田さんが呪符を預かる必要はありません。すぐに直接僕が八重山さんのところに取りに行きます」

盛田はむっと黙り込んだ。僕が警視庁にやってくるということで、身構えているのかもしれない。僕に来てほしくないのだろう。僕だって本当は行きたくない。盛田にわざわざ嫌な思いをさせたいわけではないのだ。

「郵送で済めばいいのですが、重要な証拠品である上に非常に力の強い呪物です。素人が持っていると、それだけで危険に晒される可能性があります。ある程度以上の術者でなければ持ち運ぶのすら難しいんです。なので僕が直接取りに行きます。安全のためです」

絶対に不用意に持ち出すな、と念を押す。

「許可さえいただければ、あとは全部僕がやりますので。お手を煩《わずら》わせて、すみません」

だから、無理して僕に会わなくていいのだ。僕を怖がらないでほしい。

『あ、あのさ……木津さん』

盛田は何か言いかけて口籠もる。先程とは打って変わった気弱な声だ。

「はい？」

『いや……なんでもねえ。準備できたら電話する。そのまま待っててくれ』

盛田は電話を切った。待っていろと言われたが、電話を待たずに家を出た。盛田の態度は少し気にかかるが、移動中に盛田から電話をもらえるだろう。

橋田はちょうど大学の用事で留守だった。送り迎えは頼めない。事前の約束もなく、自家用車で警視庁に乗り付けても敷地に入れてもらえない可能性がある。電車に乗るのは億《おっ》劫《くう》だが、今は昼下がりなので、さほど混んではいないだろう。わざわざ橋田を呼び戻すのも申し訳ない。走って地下鉄に乗り込んだ。今日に限って、地下鉄がやたらとのろく感じる。

乗ってから、ふと疑問に思う。なぜ僕はこんなに急いでいるのか。

理由はわからないが胸騒ぎがする。一刻も早く警視庁へ行かなければという気がした。

そういえば、橋田から盛田に渡してもらった護身用の呪具はどうなったのだろう。

橋田は盛田に直接渡そうと努力したようだが、盛田は一日中留守で手渡せなかったと言っていた。仕方なく受付に預けた、と。先程の電話で確認すればよかったのに、久しぶりに盛田と話すことで緊張して忘れていた。盛田には、こんなお守りは馬鹿らしい、と一笑に付されてしまったのだろうか。いや、以前ならまだしも今の盛田がそんなことをするだろうか。だが受け取ったなら、いつもの盛田であれば如才《じょさい》なくお礼など言ってくれそうなものだが、怒っているので、あえて言わなかったのか。

どうも、引っかかる。

真夏なのに寒気がした。酷い見落としをしているような気がした。僕の予感は嫌なものほどよく当たる。気が付くと乗換駅に着いていた。慌てて降りる。そこでスマートフォンが震えた。盛田だ。

「はい、木津です」

『あ、おう』

声を聞いて、言い知れぬ不安が少し和《やわ》らいだ。

『許可取れたぜ。ていうか、矢代さんがもう手を回してたな。例の人皮の護符は総務部預かりになってたんだ。かなりデリケートな事件に絡んでるからな』

矢代はぬかりなく、あの護符を矢代の執務室の金庫に保管していた。

『八重山さんに聞いたら、うちじゃねえ、ってさ』

「そうでしたか。じゃあ、僕は矢代さんのとこに取りに行けばいいんですね？」

『ああ……うん、えっと……その』

歯切れが悪い。

『来なくて大丈夫だ』

「……え？」

『だ、だから！　俺がこれを持って行く。木津さんちまで届ける。もう本庁を出た。すぐ着くから家で待っててくれ。今日は暑いし、外出るのも億劫だろ？』

　これ、と言ったか。つまり盛田は今例の護符を持っているのか？

　唖然とした。一体どういうことだ。上手く声が出せない。

「ど、どうし……て？」

　あれだけ念を押したのになぜ。なぜ盛田が。

　僕が郵送という言葉を使ったから、無関係の人間に運ばせるな、という意味だと取られてしまったのか？　盛田は僕が彼を呪術の素人扱いして心配し過ぎることを快く思っていないようだった。関係者であり、厭魅係の盛田なら大丈夫だと思ったのか？　いや、僕は言った。術者でなければ、と。だが、勘違いは誰にでもある。

　もっと、きちんと言葉を選んで伝えるべきだった。しかし、起きてしまったことは仕方ない。震えそうになる手を押さえた。まだ大丈夫。今からでも遅くない。

「盛田さん……」

『ん？』

　軽く息を吸い込む。

「僕が今から言う事をよく聞いてください」

『ん、ああ。聞く聞く、なんだよ？』

盛田は妙に機嫌のいい声を出す。ついさっきまでは僕に対して苛立っていたはずなのに。それが、どうしてか酷く不安を煽る。

「今すぐに引き返してください。いや、それをその場に置いて、逃げてください」

『……はあ？』

「いいから、地面に置いて、その場を離れて。走ってできるだけ遠くに」

『いや、はは、何言ってんだよ、木津さん冗談きついぜ』

「盛田さん、冗談ではないんです。僕は本気です。お願いだから、すぐに……」

『い、いやあ、え？　マジで言ってんのか？　これがあの女性の他殺を証明する唯一の証拠で、強力な呪具で、悪い奴がこれを狙ってるかも……』

「そんなの盛田さんの命には代えられないだろ！」

突然声を張り上げた僕に、盛田は戸惑っている。

『木津さん、急にどうしたんだよ。命ってそんな大袈裟な……』

盛田は笑った。

『大丈夫だよ。俺はこれからうつぼ舟に乗るんだ』

「うつ……ぼ、ぶね？」

呆気にとられた。盛田が何を言っているのか、さっぱりわからない。

やがて全身に鳥肌が立った。

うつぼ舟、うつろ舟、美女が恋人の生首と菓子とともに閉じ込められて流されたという伝承で知られ、行者が浄土を目指して死出の旅に出るのに使われる、などとも言われている。不吉とまでは言わないが、死の匂いのする言葉だ。どちらにせよ今、日常会話で、しかも盛田の口から出るのに相応しい単語ではない。

「うつぼ舟って……盛田さん、今どこにいるんですか？」

『そんなの決まってるだろ。うつぼ舟に乗るんだから、海に向かってる。いやあ、暑くて参るよなあ』

「も、盛田さん！　僕の家に来るのに使うのは電車です。そんな舟じゃない」

「電車？　電車ってなんだよ？　舟のがいいだろ」

いよいよおかしい。恐怖で全身が冷たい。最悪の事態だ。盛田はすでに術中にある。誰かが彼の精神を蹂躙《じゅうりん》しているのだ。発狂しそうなほどの怒りで目の前が真っ赤になった。

落ち着け、上手く会話して場所を割り出せ。

「どんな舟です？　僕の家は陸にありますよ？」

『知らないのか？　なら、木津さんも乗せてやるよ。それなら誰にも俺達見られないし、話も聞かれないだろ。二人きりで、ずっと一緒だ。お菓子もあるぞ』

溶けそうなほど甘い声、うっかり聞き惚れてしまいそうになる。しかし、これから僕に会いに来ると言っているのに僕もその舟に乗せてくれるというのは矛盾している。会話になっていない。

「盛田さん……僕が橋田さんに頼んで渡したお守りは？」

『お守り？　ああ、そういや、受け取ってねえな』

そんな。こういう事態に備えて渡したというのに。一体どうして。

そこで盛田は拗《す》ねたような口調になる。

『いいよ、お守りなんかいらねえ。それより、木津さんと話したい。なあ、なんで急に電話に出てくれなくなったんだ？　……こんなおっさんとはもう喋りたくねえか』

「え？」

盛田らしくない、子供じみた口調だった。

『いつでも連絡しろって言ったくせに。なんでだよ……やっぱり怒ってるのか？』

今度は涙声だ。

『俺が調子に乗ったから怒ってるのか？』

「調子に乗った？」

何のことだ。怒る？　僕が盛田を？　盛田が僕を、ではなくて？

『謝っただろ？　許してくれ。悪かったよ、本当に』

「お、怒ってませんよ！　怒ってませんから、だから早く逃げて……っ」

『嘘だろ、絶対怒ってる。なんか声が怖えもん……なあ、俺のこと嫌いになったのか？　だから俺に会いたくないのか？　本当は今も迷惑なのか？　そうなのか？』

何のことかわからないが、たぶん僕が今、険しい声を出している理由と、盛田の心当たりとは違う。僕と会いたくないのは盛田の方ではないのか。

「すみません。怒ってないです。嫌いになってないですよ」

努《つと》めて優しく言う。すると、盛田が嬉しそうに答えた。

『なんだ怒ってねえのか。びっくりさせやがって。そっか、嫌われてねえんだ。よかった』

緩んだ声で笑う。

『な、な、じゃあさ、じゃあさ、木津さんは俺のこと……好きか？』

大人でタフな盛田にそぐわない無邪気な期待に満ちた声だ。彼は今正気ではないとはっきりわかる。けれど、不思議と違和感は小さい。なぜなのか考えて気が付いた。

そうだ、僕はもう知ってるじゃないか。盛田さんのこういう子供っぽい面も。

寂しいから電話した、と笑った盛田、すげえだろ！　と威張ってみせた盛田。

なんで、なんで距離を置いたりしたんだ。

確かに盛田は僕と会おうとしなかったが、電話で話す僕に対しては本物の信頼を寄せてくれていたのだ。

所詮お芝居？　馬鹿か僕は。そんなの、みんなだって同じだ。

相手に失礼にならないように自分を取り繕うのは普通のことだ。僕と盛田は電話で、ごく普通の会話をしていただけだ。それだけで十分だったのに、それ以上を欲してしまった。

離れたのは盛田のためではない。自分のためだ。それ以上を求めて正面から拒絶され、傷付くのが怖かったからだ。自分可愛さに彼を危険に晒した。

「……っ好きです」

口に出すと泣きたくなった。盛田が好きだ。

どうして前に電話した時に、好きって言わなかったんだ。

こんなことになるのなら、自己満足だろうが、何だろうが、何度だって言えばよかった。

盛田が確かめようという気も起こらないくらいに、愛していると伝えればよかった。

『ほんとかあ？　本当に本当に、ほんとかあ？』

子供が戯《たわむ》れるような問いかけが温かくて愛しくて、死ぬほど怖かった。

いやだ。失いたくない。

いつだって、どこか悲しい目をしている人。

子供っぽい冗談を言う時でさえ、なんだか寂しそうな人。

きっと、たくさん辛い目に遭ってきた人。

目下の人間相手にも礼儀を忘れない人。優しくて、正しい人。

すごく強い人なのに、弱い人の気持ちがわかる人。

「……そうです。僕は盛田さんが大好きです。あなたが何よりも大事なんです。だから答えてくれ、頼むから。今どこにいるんです？　盛田さん、そこから何が見えますか？」

『ああ、もう着いた。芝生に綺麗な舟が置いてある。あれに乗るんだ』

芝生？

『木津さん、もうすぐあんたに会えるな。すぐ行くから待っててくれ』

「盛田さん、乗っちゃ駄目です。そこで待っててください。僕が行きますから……盛田さん！　盛田さん!?」

盛田は答えない。叫ぶ僕を駅のホームを行き交う人々が不審そうに見ている。

通話が切れた瞬間、僕の中で何かが弾け飛ぶのがわかった。

耳元でゴオッという音がする。頸動脈《けいどうみゃく》を血液が流れる音だ。

足元の黄色い線が陽炎に揺れている。ホームがざわつく。身体から青い炎が噴き出す。

スマートフォンを握る腕はすでに骨と化している。

力が漲《みなぎ》ってきた。いつもよりも目がよく見える。頭が冴《さ》える。

海だと？　警視庁から海へ行く？　海ってどこだ、浜離宮《はまりきゅう》の方か？　……いや、違う。

今の盛田の頭の中からは電車という概念は消え失せているらしい。時間的に徒歩じゃ厳しい。海とは限らない。芝生、広い水辺……濠《ごう》か？

「桜田濠《さくらだごう》」

呟いて、その場に腰を落として少し屈《かが》んだ。

もはや一刻の猶予《ゆうよ》もない。最短で盛田の元へ行かなければ。

走り出した瞬間に、歓声とも悲鳴ともつかぬ声を聞いた気がしたが、すぐに風にかき消された。改札を飛び越え、地上に出た。

靴が焦《こ》げる匂いがする。車を追い越し、ビルの壁面を蹴った。途中で何人もの人が僕の姿に悲鳴を上げたが、今はそれどころではなかった。誰にもぶつかっていない。事故も起こしていない。皇居を横切ったので不法侵入だが、人の命がかかっているので自分にそれを許可した。なりふり構わず一直線に桜田濠を目指す。呪術の気配を頼りに盛田を探した。いた。

盛田はふらふらと水辺を歩いている。黒い触手のような影が水辺から這い上がり、盛田の足元に絡む。盛田が倒れた。今にも水中に引きずり込まれそうだ。

「盛田さん！」

近付くと、おぞましい悲鳴が響き渡った。黒い影が人の形を取ってもがき苦しみ始める。

殺してやる。

それは僕の思考だったのか、黒い影からの思念だったのか。

影の中で血走った一つの眼玉だけが実体を持ってこちらを睨みつけている。強い術だ。

大きな犠牲を要求する類の。僕が術を破れば術者はただでは済まない。知るか。

全て返してもらう。盛田から奪ったものは全て。一欠けらだって、くれてやるものか。

盛田に手を出したことを悔いながら消えるがいい。

次の瞬間、黒い影は消し飛んだ。

駆け寄って盛田を抱き上げ、軽く頬を叩く。呼吸と脈拍はある。

頼む、起きてくれ。

「盛田さん、盛田さん！」

盛田が目を開けた。

「んっ……木津……さん……か？　って、え、骨？　ど、どうしたんだよ!?　だ、大丈夫か!?　顔のそれ怪我か!?」

盛田は目を覚ますなり叫んだ。よかった、正気だ。

盛田に言われて顎《あご》のあたりを触ると硬かった。骨が出ている。ゾンビのように顔の一部だけ骸骨になっているようだ。今の僕の姿は化け物だ。こんな姿で不用意に盛田を抱き上げてしまった。

「それに角が、目も光ってるし、うわ、腕も骨じゃねえか！　……い、痛くねえの？　それ」

化け物、とは言わず、まず僕の心配をしてくれる盛田に笑ってしまう。普通なら怯えて僕を突き飛ばすところだろう。

「ははっ……違います。怪我じゃない。大丈夫」

僕の腕の中に盛田がいた。心配そうに眉を顰めて、僕に縋っている。逞しい腕、日に焼けた太い首、厚い胸板、それにふさわしい重み、無精髭、鋭いのに、どこか寂しげな目元、妖艶《ようえん》な泣き黒子、盛田だ。何度も彼を思い出していた。夢にも見た。だが、現実の彼は記憶の中の彼よりも、もっとずっと魅力的だった。

もう二度と会えないと思っていた。ついさっきまでは永遠に失うかと思っていた。

「無事で、よかった……よか……っ盛田さん……好きだ」

骨のままの腕で思わず抱きしめる。涙が溢れて止まらない。盛田の匂いがする。愛しい。この世で一番大切な身体だ。

「お、おい、泣くな！」

真っ赤になって盛田が叫ぶ。しまったセクハラだった。慌てて身体を離す。

「ず、ずみませ……っ……ど、どこか、痛いところは？」

「ねえ、ねえよ！　ねえから怪我してる腕で俺を支えるのやめろ！」

「こ、これは怪我じゃ……」

しゅうしゅうと煙を発しながら身体が元に戻っていく。それを見て盛田が目を見張る。

「あんた、一体……」

「ええっと、これは修行で」

「しゅ、修行でそんなんなるのか？　骨に？」

「木津家のチートというやつみたいで……そ、そんなことよりも……ああ、可愛い……死ぬほど好きだ……なんでこんなにセクシーなんだ……す、すみませんっ」

無駄とは知りつつ口を塞ぐ。そうだった。盛田と直接会うということは、これとセットなのだ。こうなるから会いたくなかったのに。だが背に腹は代えられない。

「……っ……そ、それより思い出せない事はありますか？　記憶が途切れていたりとか……相変わらずおっぱいすごいな……僕との電話は覚えてますか？　……首の筋肉、綺麗だ……舐めたい……ああああああ、畜生、ごめんなさい！」

謝りながら叫ぶ。話が進まない。もはや、やけくそだ。

「いいい、いいよ！　もう、いちいち、ききき、気にすんな！」

盛田もやけになったように叫ぶ。耳まで赤い。

「俺、倒れてたんだよな？　木津さんちに行こうと思って、なんでか、俺は海で舟に乗ろうとしてて、その後は記憶がないが、その他は全部覚えて……あっ」

そこで盛田は口を押さえた。上目遣いで僕を見上げる。可愛い。

「可愛い……」

うっかり口にも出していた。だが、盛田はそれどころではないようだ。

「お、俺、いろいろ気持ち悪いこと……二人きりとか……それに、何言ってんだ俺は、完全にイカれてるじゃねえか。なんだよ、うつぼ舟ってよ」

僕が薦めた呪術の本に記載があったそうだ。昨日読んだばかりなので、頭に残っていたのだろう、と盛田は言った。

「わ、悪い、本当に悪かった」

盛田は視線を泳がせながら弱々しく言う。術に惑わされていた時の発言を思い出したらしい。錯乱していたのだから仕方ないとはいえ、それでも相当に恥ずかしいのか目がどんどん潤んでいく。

「だ、大丈夫！　全部呪いのせいです。電話でのことは盛田さんが言いたくて言ったわけじゃないってこと、ちゃんとわかってますから」

気の毒になってきたので、言い添えてみても、盛田がますます俯くので、おろおろしてしまう。

そこで盛田は今の体勢に気が付いて、はっと身体を固くした。

「も、もう立てる……悪いな。大丈夫だ。重てえだろ」

やんわりと腕を押しのけられた。僕もはっとした。

「あ、ああ、す、すみません」

つい腕の中の重みが心地よくて抱き上げたままだった。支えてやりながら盛田を立たせる。盛田は誤魔化すように笑った。

「つか、木津さん、あんたすげえな。細いのに、どこにそんな力があるんだよ」

「き、鍛えているので……」

立ち上がった盛田によろける様子はない。どこにも異常はないようだ。そこで盛田が何かに気が付いた。

「あ、鞄……やっべ！　呪符が」

芝生に放り投げられたままの鞄に駆け寄っていく。正直言って今の今まで忘れていた。

盛田は慌てて中身を確認する。

「助かった……盗《と》られてねえ」

僕も中を覗き込むと、呪符が無造作にビニール袋に入れられていた。一目見ただけでもわかった。これは本物だ。だが、力の気配は意外にも弱い。盗られないで済んだのは、このためかもしれない。

「本当に助かったよ。木津さんがいなかったら、どうなってたか」

「いいえ、想定しておくべきでした。あの、こういう時に備えて、僕は橋田さんに頼んで、盛田さんに護身用の呪具をお渡ししたんですが、届いてないですか？」

呪術の影響下にあった時にも聞いたがもう一度聞いてみた。

「それなんだけどよ、メールはもらったが全然届かねえから忘れてた。悪い。確認しとく」

そうだったのか。またしても内部の連携不足にしてやられた。

「あのさ、たぶん俺は呪術の影響で錯乱して、ここまで歩かされて、それで、襲われたんだよな？　木津さんが俺を助けに来てくれたんだろ？」

問われて頷いた。

「警告してくれてたのにな……木津さんの言いつけを守らなくて、すまなかった」

盛田は僕に呪符を差し出しながら、深々と頭を下げる。

「盛田さんが悪いわけじゃない。呪いのせいです。誰かが盛田さんを呪って操ったんだ」

盛田は何か言いたげに口を開くが結局何も言わずに、大きな背中を丸めて俯いた。落ち込んでいるようだ。かける言葉を探していると盛田が顔を上げた。

「その、なんだ……こうして直接会うのは久しぶりだな。元気そうで安心した。顔が見れてよかったぜ」

盛田はどこか切ない顔で笑う。

「……それじゃ、肝心の物も渡せたことだし俺はもう行くからな」

見惚れていたせいで反応が遅れた。

「ちょっとちょっとちょっと！」

ワイシャツの背中を摑んで引き留める。

「ど、どうしたよ、急に」

盛田は驚いている。しかし、このまま帰すわけにはいかない。少なくとも呪術に対して何の対抗策もない丸腰の状態では。

「あ、あの、待って……一緒にご飯……僕の目から見てたぶんもう、呪いは盛田さんに残ってませんが……っお風呂もっ……やっぱり家で大叔母に診《み》てもらった方がいいと思います」

これは本当のことだ。僕も通常の人間よりは呪いを感知する能力は高い。しかし、それでも敦子には遠く及ばない。消えたと思った呪いが後々害を及ぼすこともあるのだ。用心するに越したことはない。だが、欲望丸出しの本音が間に挟まっているせいで、果てしなく胡散臭い。家に連れ込みたい口実にしか聞こえない。

なんて気まずいんだ。

顔が燃えるように熱い。手を振り回しながら言い募る。

「いや、わかってます。ものすごく怪しいのは……一緒にいたい……っ……下心あるようにしか聞こえませんよね。ないとは言いません。けど、本当に危ないんです……離れたくない……あの術者が逆恨みして、もう一度、盛田さんを襲ったら……」

気絶して倒れていた盛田を思い出してぞっとする。

「ぼ、僕変なこと言ってますけど、全部無視してください。泊まってほしいとかじゃなくて……客用布団……くそっ……すみません。大叔母に診てもらう、家にある護身用のお守りを渡す、それで終わり……っ一緒にベッド……あああああ、申し訳ございません！」

居た堪れなくて顔が上げられない。

それにしてもこれは一体どういう事態なのか。呪いの種類が盛田といると変わるような気がする。下品な言葉というよりも本音がそのまま駄々漏れになるという感じだ。僕の頭の中では盛田に関することは全て性的なこととして分類されているのか。

「僕と一緒にいたくないのはわかりますが、このままじゃ帰せない……好きなんだ……心配で……もう離れたくない……僕と二人が嫌なら誰かに付き添ってもらってても構わないので……嫌だ……待ってますから……二人きりがいい……し、死ぬほど説得力がないですけど！」

ぷっと吹き出す音が聞こえた。顔を上げると盛田が肩を震わせている。

「ははは、悪い。ちがっ……馬鹿にしてるわけじゃねえんだ。ははっ、ほんと、悪い」

目に涙まで滲ませて、嬉しそうに笑っている。

なぜ笑われているのかわからないが、思わず見惚れてしまった。

ああ、盛田はこんな顔をして笑うのか。想像よりもずっと素敵だ。

「行くよ。木津さんさえよけりゃな。喜んで行くよ。木津さんと一緒にいたくないなんてことはねえよ。今日だって俺は木津さんちに行こうと思ってたんだぜ」

「ほ、本当ですか!? やった……あ、いや、そのよかったです」

「それより、いきなり行って迷惑じゃねえか?」

「大丈夫です。たぶん」

木津家は呪われた人の駆け込み寺のような役目も果たすことがある。敦子も優希もこういった事態には慣れっこだ。


家に着いた時には夕方になっていた。

連絡を入れておいたので、敦子が玄関先で待ち構えていた。

「無事でよかったよ」

敦子は盛田の周囲を回りながら、じろじろと盛田の身体を診た。呪いの残滓《ざんし》を見極めるだけにしては妙に長い。

「何度見ても、いい身体だねえ、柔道かい? 剣道かい? 警察だもんね。耳は綺麗だけど」

「あ、はあ、両方です」

盛田が頭を掻く。一体何を見ているのだ。いや、僕も人のことは言えないが。

「ばあちゃん!」

「うるさいねえ……ちゃんと診たよ。ないよ。ないない。呪いは綺麗さっぱり消えてるよ」

「よかった……」

「けど、お守り渡してハイさよなら、はおすすめしないね。かなり強い呪いに晒されたんだ。その記憶だけでも精神がやられるんだよ。今は変なものを受け入れやすくなってる」

それはそうだろう。盛田は今日初めて呪いを実地で体験したのだ。

「盛田さんは自分で思ってる以上にショックを受けてるよ。まあ、刑事さんだし、もともと精神的に強そうだから、そこまで心配いらないだろうけど、少なくとも明日まではこの家にいた方がいいね。本当は一週間くらい休んだ方がいいんだよ。そうもいかないだろうけどね」

盛田は神妙な顔で敦子の言葉を聞いている。

「悪い事は言わないから泊まっていきなさい。専門家の言うことは聞いとくもんだよ」

「しかし……」

盛田は逡巡《しゅんじゅん》しているようだ。ちらりと僕を見た。その目尻が少し赤いような気がしてどきりとする。

「だいたい、あんたが恵信の言いつけを守らなかったから、こんなことになったんだよ」

責める口調に驚いた。咄嗟に盛田を庇う。

「ば、ばあちゃん！　だから、それは呪いで……」

「え、そうなのかい？　違うだろ？」

敦子は首を傾げて盛田を覗き込む。盛田の頬は赤い。盛田は酷く気まずそうな顔をしてから、深々とお辞儀をして顔を隠す。観念したように盛田は言った。

「すみません、ご迷惑おかけして。お世話になります」

なんだかよくわからないが、盛田が泊まってくれるというなら僕も安心だ。

盛田は巨大な曼荼羅や仏画、祭壇などが無秩序に置かれた家の中を見て唖然としていたが、すぐに慣れて敦子と談笑している。敦子は話し相手ができて嬉しそうだ。

僕はそれを眺めながら夕飯の支度を始めた。盛田は僕が台所に立っているのに気が付くと、敦子との会話を切り上げた。大きな身体を縮め、のそのそと近付いてきて、何か手伝うことはないか、と言ってきた。普段、料理はしないというので皿を運んでもらった。

早めの夕食が始まる。僕は相変わらず盛田に対して欲望と好意が剝き出しの発言ばかりしていたし、盛田はいちいちそれに赤面していたが、和やかに食事は終わった。

食後に敦子が僕らを呼んだ。

敦子は知り合いに件《くだん》の護符について問い合わせてくれていたらしい。

「私は勉強は嫌いだけど、人助けは好きなんだよ。だから友達が多いんだ」

敦子は得意げに笑った。呪具の流通経路に詳しい人間に尋ねたところ、すでに同種の護符が高値で取引されているらしい。

「ずいぶん、いい値段だよ」

　数千万どころではなかった。ものすごい金額が動いている。

「これは、しみったれた日本のヤクザだけが顧客ってわけじゃないね」

　あの暴力団員に護符を使わせたのは、おそらく宣伝のためだ。あの一件で十人以上が死んだ。人の命を宣伝のコスト程度に考えている人間がいる。その人間は護符の材料として男性を殺し、路上生活者の支援を行っていた女性を殺し、口封じのために担当刑事を殺し、そして護符の回収のために盛田を襲った。十中八九殺す気で。返り討ちにしたが、これだけのことをやってのける人間がそう簡単に死ぬはずがない。今も生きているに違いない。

「実力のほどはわからないけど、呪いの知識は相当だ。しかも警察にも暴力団にも太いパイプを持ってて、十年以上も前から、これを計画してたんだ。ちゃんと流通に乗せて利益も得ている。実行力も組織力も並みじゃない」

　これには盛田も険しい表情で黙り込んだ。

　単純な力比べなら負けはしないだろうが、組織立って動かれたら勝てないかもしれない。現状として、こちらは敵の正体の手掛かりすら摑んでいない。

　盛田の今日一日の行動について尋ね、不審な人物と接触しなかったか、呪われるきっかけがなかったかどうか検討したが、変わった事は何もなかったという。少しでも呪いが残っていれば敦子に探ってもらうこともできたのだが、僕が全て消し飛ばしてしまった。

暗い顔をして黙り込んでいると、居間のドアを開けて若い女性が入ってきた。

「おはよ……っやば！　お客さんがいる！　パジャマで来ちゃったじゃん！　やだあ！」

Tシャツ姿の優希だった。優希は居間に見知らぬ男性がいるのを見て、バタバタと部屋に戻っていく。背中に向かって慌てて謝った。

「ご、ごめん！　僕が連れてきた！」

盛田は驚きつつも、事情を悟ったようで恐縮している。

「もう、言っといてよ！　酷いよ」

奥からくぐもった声が聞こえてくる。敦子が叫び返した。

「起こすと機嫌悪くするじゃないか。メッセージ送ったんだよ」

「スマホ見てないし！」

「起きたらすぐに見な！　若いんだから」

敦子は無茶なことを言っている。しばらくして優希は再び現れた。顔を洗い、軽く化粧もしている。優希は盛田を見て目を輝かせた。嫌な予感がする。

「もしかして、盛田さん、でしょ！　刑事の」

「は、はい、捜査一課の盛田です。急にお邪魔して、すみませんでした」

盛田はなぜ自分を知っているのか、という顔だ。

「うわあ、うわあ、恵ちゃんがお世話になってます。絶対来ないとか言って、来てるし！　会えちゃったし！　思ってたより全然かっこいい、渋い、背高い、逞しい。刑事さんって感じ。え、なに、どうしたの？　何があったの？　恵ちゃんと付き合うの？」

「……っ!?」

優希の勢いに押されて盛田はたじたじだ。

「優ちゃん！　失礼だろ！　盛田さん、すみません。再従妹の優希です」

慌てて割って入る。

「私も恵ちゃんと同じで呪われてて、夜しか起きていられないんです。はじめまして」

優希は夕飯を食べながら事情を聞くと、目を輝かせた。

「ふーん、盛田さんを襲った奴をまだ突き止められてないってことは……私の出番!?」

「やめろ！」

「やめときな！」

敦子と声が重なる。僕も敦子もまだ若い優希に軽々しく仕事をさせるべきでない、という点では意見が一致していた。

「でもさあ、やばい人なんでしょう？　早めに正体暴いた方がいいんじゃない？　恵ちゃんには知識はあるけど、角生えてる時は近付いただけで大抵の呪いを消し飛ばしちゃうから、術者のことまで探れない。ばあちゃんも、すでに返された効力のない呪いについてはわからない。二人だけじゃ打つ手なしだよ」

敦子と一緒に押し黙る。優希の言う通りだった。

「でもうちの子達はこのあたりにはどこにでもいて、大抵のことは見て覚えている」

うちの子達と言った瞬間に優希の短い髪が風もないのに揺れる。それを見た盛田が目を見張った。目に見えない狐の眷属が優希の周りで遊んでいる。

「大丈夫だよ。知っていることを聞くだけ。それでそれを元にちょっと探してもらうだけ。私自身には何にも危険はないから」

優希はからからと笑う。

「盛田さん、どんな呪いだったの？　時間と場所も」

優希は僕と盛田から呪いの特徴を聞き出した。

「それだけわかれば、たぶん術者の居場所くらいなら探せると思う」

「優ちゃん……ありがとう」

「んふふ、お任せあれ」

優希は嬉しそうだ。彼女はそのまま無造作に虚空に向かって話し始めた。

それを聞いた盛田がぎょっとしている。気持ちはわかる。もう何度もこれを聞いている僕ですら、毎回耳を疑う。

優希の口から出てきた言葉は人間の言葉ではなかった。言葉と言っていいものかどうかもわからない。あえて例えるとするなら遠雷、もしくは地響き、狼の遠吠えにも少し似ている気がする。とにかく普通に考えて人間の声帯が出せる音ではない。

そして優希は何事もなかったかのように再び人の言葉を話し始める。

「探してねって頼んでおいた。わかったらすぐ伝えるから」

「ありがとうございます。助かります」

盛田は大きな身体を縮め、優希に向かって丁寧に頭を下げた。

「お安い御用です。あ、もう時間ない！」

優希はおどけた仕草で敬礼してみせ、フットサルのサークルに行くと言い、慌ただしく出て行った。

「盛田さん、ゆっくりしていってね！　それじゃ」


僕が麦茶のピッチャーとグラスを持って部屋に戻ると、風呂から上がった盛田はハーフパンツにタンクトップという姿で、無造作に頭を拭いていた。予想はしていたが、凄まじい破壊力だ。思わず生唾を飲み込む。

「悪いな、服まで貸してもらって……」

「……いっ！　いいえ」

日焼け跡のある二の腕、はち切れそうな胸筋、無造作に晒された脇の窪《くぼ》み、張った僧帽《そうぼう》筋《きん》を流れる汗、ハーフパンツを押し上げる丸く盛り上がった尻、全てが輝いて見える。目が潰れそうだ。視線を下に移して後悔した。なんということだ。尻のボリュームのせいかハーフパンツの裾《すそ》が上がってしまい、腿がほとんど見えているではないか。股間のあたりにも余裕がなく、性器の存在がはっきりわかってしまう。

誓って、わざとではない。サイズの合う服がなく、これしか選択肢がなかった。

「あ、胸の谷間、最高……っ……す、すみません！」

とはいえ、いつもながら全く説得力がない。慌てて目を背ける。

「い、いや……う、うん」

そして盛田の反応もよくない。僕が言えた義理ではないのだが、非常によろしくない。

「い、いちいち、謝らなくていいって……言っただろ」

そんな甘っちょろいことを、ぼそぼそ言って、頬を染め、恥ずかしそうにそっと目を伏せる。赤くなった目尻に泣き黒子、それに睫《まつげ》の青い影がかかって戸惑いがちに揺れている。怒るでも嫌悪感を剥き出しにするでもなく、ただ赤くなられると頭が沸騰《ふっとう》しそうだ。

それから、僕らが今いる場所もよくなかった。ここは僕のプライベートな居室だ。毎日寝起きする部屋に彼がいると思うと、それだけで落ち着かない。以前見た夢が脳裏を掠める。

さらに今は、二人っきりだ。敦子は出掛ける優希を見送った後、風呂に入り、そしてそのまま、いつも通り就寝してしまった。

いや、僕にもわかっている。彼は今日僕に助けられ、安全のために木津家に身を寄せることになった。僕に警戒心を持っていないのではなく、世話になりっぱなしなので、失礼な振る舞いをするわけにはいかないと思っているだけだろう。

落ち着け、落ち着け、と言い聞かせて深呼吸した。

「……っ駄目だ！　盛田さん、いい匂いがする……っ……ごめんなさい！」

「だ、だから！　気にすんなよ……あー、こ、木津さんの部屋、広いなあ。俺の部屋の三倍はありそうだ。いや、もっとか？　居間よりさらに呪術まみれな感じなんだな。あれは髑髏か？　本物か？」

盛田が間を持たせようと、そんなことを言い出した。部屋の壁一面に呪術関連の本が並んでおり、置いてある呪具の数は敦子や優希の居室の比ではない。

「あ、は、はい。本物です。たぶんご先祖様の誰か……型張り……、申し訳ありません……シャワー浣……くっそ……ここは研究室を兼ねているので散らかってて、すみません」

優希が越してくると決まった時に敦子がリフォームしたので、この屋敷の内部は新しい。南の棟には居間や台所などの共有スペース、そして優希と敦子の寝室がある。北の棟には研究室を兼ねた書斎と僕の寝室、そして客間がある。

僕と優希は小さい頃から付き合いがあり兄妹同然だが、血縁はさほど近くないので、プライバシーが保たれるよう配慮した結果だ。これは僕にとってもありがたかった。ただ、蓋を開けてみれば、優希は完全な夜型なので生活時間が重ならない上に、敦子と僕の配慮などものともせず、僕の部屋に勝手にずかずか入ってくるのであまり意味がなかったのだが。

また、この間取りにはもう一つ意味があった。依頼人を呪いから守るため、やむなく木津家に泊める場合があるのだが、彼らを不用意に敦子や優希の生活空間に立ち入らせたくない。今日のように客人を招《まね》く場合には、僕の寝室に面した浴室を使わせることになっていた。今までは非常に上手くいっていたが、今回はそれが裏目に出た。

盛田は所在なげに見慣れない物でいっぱいの広い部屋を見渡し、時折僕を盗み見ている。盛田の日焼けした滑らかな頬は火照っていた。

「……っ風呂上がり、すげえ色っぽい……」

慌てて口を覆う。このままでは口だけでなく、別の場所も不適切な主張を始めそうだ。僕も先程風呂に入ったので今は作務衣《さむえ》姿で腰回りには余裕があるが、ばれてしまうかもしれない。これだけ卑猥なことを口走っておいて今さら、ばれるも何もないが。

「あ、そうだ、の、飲み物持ってきました」

書斎の応接スペースにあるテーブルにグラスを置く。

「……尻に……っ……顔埋めたい……あ、あははは、エアコン、寒くないですか？　好きな温度に変えていいですよ……っ一発ヤれるなら、なんでもする……」

僕の言葉に盛田がぎくりと身体を強張らせた。

まずかった、今のは、さすがにまずかった。

「……っ……リ、リモコンここに置いておきます」

意識しないようにしようとすればするほど余計に酷くなる。もはや、寝てしまう以外に解決策はないような気がした。

「……あの、本当に申し訳ございません」

泣きたくなってきた。盛田は俯いて黙ってしまった僕を見て、頭を掻き毟った。

「いいから！　ああ、くそ、悪い……ほんと、別に……その、俺は」

「ぼ、僕、もう寝ますね！　客間に布団を敷いておきました」

この状態で眠れるはずもないが、盛田の前でこれ以上醜態《しゅうたい》を晒すわけにはいかない。

「え!?　いや、ちょ、ちょっと待て！」

逃げ出そうとした僕の腕を盛田が掴んで引き留める。口から心臓が飛び出しそうになった。盛田が僕に触れている。見上げると盛田は真っ赤だ。

「なんでもするっつったな？」

言ったかもしれない。言ったような気がする。混乱したまま何度も頷く。

「な、なら、俺の言う事を聞け！　いろいろ質問あるから、ちょっと話そうぜ」

そのまま腕を引かれ、一緒にソファーに座らされた。盛田は大きく息を吐いて、麦茶をグラスに注《そそ》いだ。僕の分も。

「助けてもらった立場で、根掘り葉掘り聞くのも悪い気がしてタイミング逃しちまった。敦子さんも優希さんも一緒に事件のこと調べてくれてたし、その後もなんか深刻な話ばっかでよ……けど、このままじゃ気になって寝れねえ」

盛田は麦茶を飲みながら口を尖らせて言い訳のように言った。気安い態度にどぎまぎしながら質問を待つ。

「まず、木津家の呪いって、一体なんなんだ？」

今さら隠し立てすることなど何もない。先祖の高僧にまつわる話と呪いについて話した。

「亡くなった先代の当主は誕生日には大量の豆に変身するという呪いだったそうです」

「マメって、大豆とかエンドウ豆とかそういう？」

「そういうやつです。鳥に食べられたり、なくしたりしないように容器に入れて保管してたらしいですよ」

「呪いって言ってもいろいろあるんだな」

「強い呪いには強い力が与えられるようですね」

「ハイリスク、ハイリターンってか。あと、俺を助けてくれた時の姿、ありゃ、なんだ？」

呪いに振り回される人生が嫌になり、山で修行をしていたこと、そのうちに先祖の高僧の伝承になぞらえるように僕の姿が変化するようになったことなどを話して聞かせる。

大学生の頃の辛い経験が、出家のきっかけとなったことを盛田に話すのは恥ずかしかったが、どうせ呪いのせいで、それとなく盛田に伝わってしまう。それなら自分から話してしまう方がいい。

「童貞捨てられないっていう酷い動機で修行を始めたのに効果は抜群でした……乱パっ……すみません。悪意のある呪術的な力は近付いただけで消し飛びます。どうせなら僕にかけられた呪いも消してくれればいいのに、残念ながら、それは消してくれないんですよ。意地悪ですよね、ははは」

過去の自分を無理やり笑い飛ばす。だが盛田は僕を笑ったりはしなかった。

「そうか、ごめんな。そんなことまで話させて」

「い、いいえ！」

勝手に話したのだ。けれど盛田は目を伏せる。

「いや、俺は馬鹿だけどよ、一応わかってるつもりだぜ。木津さんに質問するのは他の奴に質問するのとは重みが違う」

僕が何かを隠そうとしても呪いに邪魔される。盛田はそのことを知っていた。

「知ってて質問させろって言ったんだ。酷い奴なんだよ、俺は」

盛田は自嘲《じちょう》するように笑った。

「じゃあ、あの姿は悪いものじゃないんだな？」

「はい。見た目は完全に化け物ですが、修行の成果です。聖性の顕《あらわ》れ、というか」

「痛かったり、寿命が縮んだり、すげえ疲れたり……とか、そういうのは、ないのか？」

「ないです」

「そうかあ、よかった！」

盛田は息を吐いてソファーにどっかり背を預け、目を閉じた。相当気にしていたらしい。

「だってよ、骨と皮になるって普通はやべえだろ。ただでさえ迷惑かけてるのに、俺のために木津さんが命削ってたらって思ったら気が気じゃねえよ」

異様な姿のインパクトが強過ぎて気になっていた、というより呪術について学ぶ過程で、強い力には代償が付きもの、という固定観念ができてしまっており、それで僕の身を案じていたらしい。そういえば、他にいろいろと考えることがあったので、すっかり忘れていたが、あんな姿を見た後だというのに僕に対する盛田の態度は全く変わらなかった。

今ならわかる。盛田が以前、僕の呪いが解けたら僕の力もなくなってしまうことを危惧《きぐ》していたのは、その力を捜査に利用できなくなるからではない。ただ純粋に僕を心配してくれていたからだ。思えば、彼が僕の身を危険に晒してまで捜査を進めようとしたことは一度もない。盛田はそういう男だ。今さら気が付いて、目頭が熱くなる。

「はは、どうした？　すっげえ顔赤いぜ、目も潤んでるしよ。木津さん。なんでだよ。意味わかんねえところで赤くなるな、あんた」

盛田は屈託なく笑った。ほっとしたのか、表情も明るくなっている。

今僕がどれだけ嬉しいか盛田にはわかるまい。盛田が目の前にいることだって夢のようだ。盛田の笑顔は二度とこの目で見られないだろうと思っていたのだ。

目に焼き付けて一生忘れないようにしよう。きっとこんな機会は今夜だけだ。

だが、盛田が次に放った台詞《せりふ》にぎょっとした。

「俺ばっかり質問するのはずるいよな。よし、木津さん。俺に聞きたいことあるか？」

「えっ……」

山ほどある。山ほどあるが、適切に尋ねる自信はない。

「ほら、なんかあるだろ？　遠慮すんな」

狼狽える僕を覗き込むように盛田が身を乗り出した。張り詰めた胸筋とタンクトップの隙間に目が行ってしまって困る。考えることが多過ぎて頭がついて行かない。

「あ、すご、おっぱいっ……谷間……す、すみません！　いや、僕はその……大丈夫です」

盛田は僕の視線を目で追って照れたように身体を引いたが、まだ穏やかに笑っている。

「なんでだよ、嘘が吐けない木津さんの質問だ。俺も嘘は吐かねえよ」

「今付き合ってる人は？　好きな食べ物は……好きな人は？　誕生日……どこに住んでる……っ……男と経験は……っあります……かっ……ぐっ……く、っあ、これは無視してください！　ほんとすみません！　これ呪いですから！　僕じゃないですから」

酷い言い訳だ。呪いは僕の本音だ。わかっているが他に言いようがない。だが、盛田は悪戯っぽく微笑んだ。

「ええと……どれから答える？」

その表情があまりにも艶やかだったので、思わず「ひっ」と小さい悲鳴を上げてのけ反ってしまった。

「お、お願いですから聞かなかったことに！　勘弁してください！　頼みます！　この通り」

なんなんだ、盛田は一体僕をどうしたいのだ。

土下座する勢いの僕に盛田は気勢を削がれたようだ。拍子抜けした顔で頬を掻く。

「なら、いいけどよ……聞きたくなったら、また言えよ」

「もう、いいですって！　僕からの質問はありません！」

誕生日や好物などは聞いてもよかったのかもしれない。本音を言えば、ものすごく聞きたい。盛田のことは何でも知りたい。だが、間に挟まっている質問が不躾過ぎて、質問すること自体が図々しいことのように思われてしまい、今さら聞くに聞けない。それに、これ以上間近で盛田を見ていたら、どうにかなりそうだ。

「じゃ、また俺の番だな。これは質問じゃねえけど、いくつか謝りたいことが……あってさ」

どこか弱々しい口調に目を開けると、盛田は膝の上に手を突いて、無意味に脚を動かしていた。落ち着くためなのだろうと理解はしているが、やめてほしい。腿が眩しい。

「……あ、……美味しそう……っ」

しかし盛田は僕の不埒な呟きを無視している。よほどやましい事でもあるのか。

「木津さんは電話してる時は、呪いの影響から自由になる、そうだな？」

「は、はい」

緊張しながら答える。

「同時に呪術に対して無防備になっちまうってことで、それを秘密にしてるんだろ？」

「え、ええ、一応」

完全に隠しておくのは難しいので、できれば広めてほしくない、という程度だが。

「それだよ、くそ。俺、馬鹿なことしたかもしれねえ……昔一緒に働いてた先輩が、木津さんのこと変態だの、頭がおかしいだの、すげえ悪く言うからよ、なんか悔しくて」

もしかして八重山のことだろうか。彼ならそういったことも言いそうだ。

「だから、最初の頃に、つい言っちまったんだ。木津さんは電話では普通だし、滅茶苦茶頼りになるし、真面目に協力してくれるんだぞってよ。秘密だなんて知らなかったから……もしかしてまずかったか？」

なんと、そんなことを気にしていたのか。力が抜けた。むしろ褒めてくれて嬉しい。

どうだろうか。勘のいい術者なら僕の弱点に気が付くかもしれないが、盛田の職場には呪術に詳しい者はいないようだった。

「たぶん大丈夫だと思います」

「その場で言うべきだったんだけど、あの時は咄嗟に思い出せなかったんだ……悪かった。ずっと謝りたかった」

盛田は深々と頭を下げた。太く逞しい首が目の前に晒される。

「そんな、顔を上げてください！　……ああ、項もすげえいい……匂い嗅ぎたいっ……すみません……ちゃんと最初から言わなかった僕が悪いんです。言ったら、盛田さん、僕に気を使って電話してくれなくなっちゃうかもって」

盛田はそれを聞いて眉根を寄せた。

「なんだよ、それ……そんなに俺と話したかったんなら、なんで急に俺の電話に出なくなったんだ？　俺はすげえ悲しくて寂しくて無茶苦茶悩んで……電話くれても、明らかに嘘の理由言うからショックで、八つ当たりみてえに嫌味なんか言っちまって後悔して

「……」

盛田はそこまで言ってから、はっとしたように口を手で押さえ、目を逸らし、赤くなった。

「……っ、知らねえうちに、あんたを怒らせたのかもしれねえって、心配してたんだぞ。謝らなきゃならねえこと、いっぱいしてるしな。木津さんは何言っても全然怒らねえから、俺、調子に乗っちまったのかもって」

「そういえば、調子に乗るって、なんのことですか？」

呪いで錯乱していた時の盛田からも、調子に乗る、という言葉を聞いた気がする。

盛田は確かに僕に対して敬語を使わないが、それは単なる親しみの表れだろう。彼は常に僕を呪術の専門家として扱い、敬意を払ってくれていた。年下と侮ったり、馬鹿にしたりする様子は一切なかった。調子に乗る、という言葉は盛田の態度にそぐわない。

不思議に思って尋ねると、盛田はあからさまにぎくりとした。まずいことを言ってしまったと顔に書いてある。刑事なのに、こんなにわかりやすくて大丈夫だろうか。痴漢に対して始終優位に立ち回っていた彼と同一人物とはとても思えない。

「どっから話しゃいいんだ……」

盛田は困ったように頭を掻いていたが、やがて観念したように話し始めた。

「……木津さんは、頭がいいよな」

「え、いや、そんなことは……」

唐突に褒められて面食らった。

「ああ、そういう謙遜《けんそん》はいらねえよ。俺なんか逆立ちしたって入れねえ大学出てるだろ。人の気持ちもよく考えてて、かなり繊細だし、他人なんかどうでもいい、なんて絶対思わないタイプだ。酷い呪われ方してるのに、捻《ひね》くれてねえし、優しい。勇気もある」

褒められても素直に喜べないのは盛田の表情が険しいからだ。というより悲しそうだからだ。

「そういう奴が、ああいう呪いを受けるっていうのは、どんな気持ちだろうって、俺はずっと考えてた」

盛田はじっと床を見ている。

「あんな、他人に自分の恥部を丸ごと晒すような……耐えられねえよな。ガサツな俺だって耐えられねえと思うんだから木津さんなんか、なおさらだ」

盛田は苦笑した。

「きっと人と会うたびに木津さんの自尊心は傷付いてズタボロになるんだろう。そりゃそうだ。間違っても他人には知られたくないような恥ずかしい部分を全部強制的に吐き出させられるんだからな。特に俺なんかが相手だとさ。ほ、ほら、俺って木津さんのタイプ、なんだろ？　余計に呪いが酷くなっちまうよな？」

盛田はそこで、胸を張って自らを親指で示し、おどけて見せた。盛田はどちらかといえば被害者なのに、そんな風に考えていたのか。

「だから、木津さんが電話では普通に話せるって知って俺は嬉しかった。これで、木津さんを必要以上に傷付けずに済むんだってな。実際、電話では憎たらしいくらいに落ち着き払ってやがるしな」

盛田は、ははっ、と笑ってから、痛みを堪えるような顔をした。そして膝の上でぎゅっと拳を握る。

「なのに俺は電話で木津さんの心を無理やり暴くようなことを言った。『今もそういうことを考えてるのか？』って……あれは絶対にしちゃいけねえことだった」

盛田は目を瞑った。

「俺に対して、その……なんだ、そういう気持ちを抱いてるってこと自体、本来なら木津さんは誰にも知られたくなかったはずだ。けど、呪いのせいでばれちまう。そうして知り得たことを、電話中の、今だけは普通の人と同じように内心を隠せるって思ってる木津さんに対して安易に持ち出したんだ」

だから、あんなにも必死に謝っていたのか。僕としては初めての事態に驚くばかりで、考えが至らなかった。怒りも感じなかった。むしろ、少し嬉しかったくらいだ。僕が何を考えているのか、わざわざ知りたがる人間など今までいなかった。

「何でも筒抜けの木津さんの、たった一つの聖域を、俺は土足で踏み荒らした……自分の無神経さに嫌気が差したぜ。本当に悪かった。怒って当然だよ」

謝罪を繰り返す盛田を見ていられなくなって遮った。

「い、いや！　そんな！　僕全然、そこまで考えてなくて……」

盛田は顔を上げて、ぽかんとしている。しまった。呆れられている。

「というか、考えたとしても、それで盛田さんを怒るとか、ないですから！　……優しい、大好き……めちゃくちゃ好きだ……ああ、くそ、すみません。それに、自尊心をズタボロにされるって言ったら盛田さんの方でしょう。何を言ってるんですか」

僕は盛田に会いに行きたいと思ってしまったこと、それを思い止まったこと、盛田の電話に出なくなった理由について話した。

「初対面で盛田さんに取り返しのつかないことをしちゃってるんだから、最初から合わせる顔なんてないのに図々しいよなって……それで、電話も……」

盛田はしばらく無表情だったが、やがて笑い出した。腹を抱えて苦しそうにしている。本日二度目の爆笑だ。そんなに面白いことを言っただろうか。居心地が悪い。

「……わりっ……くくくっ……ははは っ……やべえ、苦しい、あのさあ、俺もう一つ木津さんに謝らなきゃならねえことが、あるんだ」

涙の光る盛田の目からは悲壮感が消えていた。

「敦子さんが言ってただろ。俺が木津さんの言う事を素直に聞かねえからこうなったって」

そういえば、言っていた。

「木津さんは俺を庇ってくれたけどさ、全部が呪いのせいじゃねえんだよ。あの護符を直接木津さんに届けようと決めたのは俺の意志だ。敦子さんの言った通りだよ。いや、話には聞いてたけど、敦子さんは本当すげえな。千里眼《せんりがん》ってやつか？」

なんと、なぜだ。あれだけ言ったのに。

「わ、悪かったって！　そんなこの世の終わりみてえな顔するな！」

真っ青になった僕を心配して盛田は僕の肩を揺すった。

「あんたの言いつけに背くことになるのはわかってたから、これでも迷ったんだぜ。まあ、今言っても言い訳にしかならねえな」

「どうして、そんな」

「あの護符の持ち出し許可取りたくて事情を話したら、同僚が寄ってきてよ」

——あの変態がまた来るのか、うわ、勘弁してくれ！　オカマだろ？

——わざわざキモい奴を連れてくんなよ。お前が届けてやりゃいいだろが。

——頼むからここに、あんなサイコホモ野郎は連れてくるな。風紀が乱れる。

盛田は僕を慮って、だいぶぼかしてくれたが、大勢の人間が僕を悪しざまに言ったらしい。

「失礼な奴らだよ。その場で全員殴り飛ばしてやろうかと思ったぜ。けど……」

盛田は言葉を切った。

「もちろん俺の前でそんなこと言う奴がいたら絶対に許さねえ。どんな手を使ってでも黙らせるさ。でも、ずっと木津さんのそばには付いてられねえし、もしも木津さんがここへ来たら、俺のいないところで、こいつらに何言われるか……守り切れねえかもしれねえ」

悔しそうに歯を食いしばる。

「そしたらちょうど、昔の先輩が」

彼は騒ぎ立てる同僚を宥めながら、木津家の屋敷は昔担当した事件の被害者の近所だ、ついでに様子見てきたらどうだ、と盛田に促したのだそうだ。

「それに、よく考えたら警視庁の中だけじゃねえんだよな。木津さんは外出中ずっと辛いんだ。電車でも道端でも、周りに人がいる限り木津さんは苦しみ続ける。木津さんも外出は気が重いって前に言ってたろ」

盛田は図書館での会話を気にしていたらしい。だから電話では少し歯切れが悪かったのか。そこまで考えてくれていたとは。

「だったら、俺が届けに行くしかねえじゃねえか」

盛田はきっぱりと言った。

「だってよ、木津さんはさ、行きたくなくても必要なら絶対に警視庁まで来ちゃう人だろ。恥かきたくないから嫌だ、とか、わがまま言ってくれねえんだろ？」

「え……」

盛田が微笑んで僕を見ていた。酷く優しい目で。

「自分が辛い目に遭うってわかってても、護符を持ち運ぶ人を危険に晒さないため、犯人逮捕のため、そしてそれが世のため人のためになるなら、やるんだろ」

思わず目を見開いた。

「そんな奴に無理なんかさせられねえよ」

盛田はふっと笑う。

「なんだ、その顔。ずっと考えてたって言っただろ。初めて会った時もそうだったよな」

駅で痴漢を取り押さえた時のことを盛田は話し始めた。

「あの時も最初は木津さんのことがよくわかってなかった。世の中には変わった奴がいるもんだなって、そのくらいで。でも後から気が付いた。あの状況で木津さんが目撃者として名乗り出る意味。木津さんは、自分が名乗り出たら、ああなるってわかってた、そうだろ？」

わかっていた。変質者扱いされることは。ずっとこの呪いと共に生きてきたから。

「他の奴が名乗り出るのとはわけが違う。なのに名乗り出た。大勢の前で。見ず知らずの女の子を助けるためだ。転びそうになって、どもりながらさあ、半泣きで……痛々しいくらい緊張しまくってよ。見てらんなかったぜ」

盛田は苦笑した。そんなところから見られていたのか。さぞかし僕はみっともなかったことだろう。だが、盛田は眩しいような顔で僕を見た。

「そういう奴なんだよ、木津さんは。どんな言葉を呪いに言わされようが、それだけは絶対に消えない事実だ。胸を張れ」

盛田は僕に向き直る。

「そういや、言い忘れてた。おかげさまで痴漢から自白が取れたよ。担当警官は俺の後輩でな。被害者の女の子から木津さんに伝言頼まれてたんだ。ありがとう、だってよ」

盛田は嬉しそうに笑った。

「誤解して失礼な態度を取ってごめんなさいって。直接会ってお礼がしたいとか言ってたらしいが、それは断っておいたってさ」

えらい好かれようじゃねえか、イケメンは得だよな、と盛田はもう一度笑った。

「……あ、あとな、理由はそれだけじゃねえ」

膝の上で盛田の指が忙しなく動いている。日焼けした大きな手が。まるで子供のように。

「なんの理由ですか？」

「だ、だから、俺が木津さんの言いつけを破った理由だよ！」

怒ったように言われて口を閉じた。

「俺に会うことで木津さんの自尊心は傷付く。職場に呼び付けるのもまずい、俺から会いに行くのも、たぶん……迷惑だろう」

迷惑なんてことは全くない。会いたくて、むしろ待っていたが、口を開くとまた叱られそうなので、口を挟まず黙っている。

「け、けど、護符を持っていくためなら仕方ねえよな？ 会いに行ったって許されるよな？ だって木津さんのためだ。俺と会うのは嫌かもしれねえけど、職場に来るよりましなはずだ」

「え……」

「チャンスだと思ったんだ。つまり俺は木津さんに、ずっと、あ、あ、会いに行きたかったんだ。我慢してた。だから、あんたの言いつけを破った。木津さんに嫌われてるかもしれねえ、迷惑がられるかもしれねえって考えたら怖かったけど……」

盛田は目を伏せて、頬を染めた。

「でも、会いに行ってみるまではわからねえだろ。会いに行かなきゃ始まらねえ。それで、ちょっと浮かれてた。だから隙があったのかもな。俺があっさり呪いにやられたのは、もしかしたら俺の浮ついた心のせいかもしれねえな」

盛田は僕に会いたかったと言ったのか。聞き間違いだろうか。

「そのせいで余計に後ろめたくて……だってよ、急に電話に出てくれなくなるし、久しぶりに話しても用件だけで会話終わらせようとするし、せっかく本庁に来ても、俺に会わずに帰ろうとしてるのが見え見えで……もう二度と俺には会ってくれねえのかも……って」

上目遣いの盛田に、あんたが悪いんだぞ、と小さな甘い声で詰《なじ》られる。

「木津さんに、今でも俺にエロいことしたいのか？　って電話で聞いちまって自己嫌悪してたのも、あれだ……俺が、ただ聞きたくて聞いたからだ」

意味がよくわからない。

「木津さんが俺のこと本気で好きなのかと思ったら、なんかこう、頭ん中花咲いたみてえに舞い上がっちまった。男を手玉に取ってる美女ってのは、もしかしてああいう気分なのか？　つまり言わせたかったんだよ。木津さんの口から、今でも、俺を……その……呪いでおかしくなってた時も」

自分を本当に好きか？　と何度も聞いた盛田を思い出す。

耐え切れなくなったように盛田は顔を上げた。顔が真っ赤で、目が潤んでいる。

「な、なにぼけっと見てんだ！　わ、わかるだろ。ここまで言えば」

「え、だって……そんな……」

そんなことがあるだろうか。僕は盛田に酷い言葉をたくさん言ったのに。盛田も嫌がっていたように見えた。

「あ、あのなあ、俺はいいおっさんなんだよ！　自慢じゃねえけど、大抵の下ネタじゃ、びくともしねえんだ。二丁目の奴らに仕事で会うと、二言目にはやれ『しゃぶらせろ』だの『抱いてくれ』だの、もっとすげえことも……なんかもう掛け声か挨拶みたいに言われる。慣れっこだ。けど木津さんに好きだって言われて……俺は」

盛田はついに両手で顔を覆ってしまった。

「俺だって、なんでだかわからねえよ。でも、これだけは言える。なんとも思ってない奴に何言われても赤くなったりなんかしねえんだ！　俺は、普通なら」

そのまま盛田は、わっと突っ伏した。

「そりゃ、赤くなってる姿は他人に見られたくねえよ。逃げ出したくもなるだろ。だって、恥ずかしいじゃねえか。好きだって言われて照れてるんだ。いい年こいた、むさ苦しいおっさんがだぞ。それも、たぶん相手を憎からず思ってるからだ」

タンクトップから覗く筋肉でできた背中が火照っている。

「相手はとんでもなく綺麗な顔した若い兄ちゃんで、ゲイだ。俺が知ってるゲイなんか、情報屋のゲイバーのママさんくらいなもんだ。木津さんとは全然雰囲気が違う。しかも呪われてるらしい。呪い？　なんだそれ？　聞いた事ねえ。訳わかんねえ。好きって言葉が本気かどうかもわからねえ。冗談だったら、馬鹿みたいだろうが！」

大きな肩が震えている。盛田は不貞腐れたように起き上がった。目が赤い。

「それでも、直接会えばそんな気持ちはなくなると思ってた。下品なこと山ほど言われて、冷めるかもって。それ以前に木津さんはもう俺に興味を失ってるかもしれねえ、けど」

盛田は悔しそうな目で僕を睨んだ。

「なんだよ、あれ……思わず笑っちまったよ。俺の方がよっぽど下世話だ。木津さんの頭の中、どんだけ純情なんだよ。汚ねえ言葉も、そりゃ、ねえわけじゃねえが、冷めるどころか一文節ごとに熱烈に口説かれてるようなもんだったぜ。くそっ、一回やられてみろ」

純情、そんなことは初めて言われた。

盛田は僕の肩に手を置いてじっと覗き込み、その後、項垂れた。

「ったくよお、せっかく二人きりなのに、さっさと寝ようとするって、どういうことだ？」

恨みがましい声だ。肩に置かれた手が熱い。

「つか、好きでもなきゃよ、いくらおっさんだって自分に惚れてる野郎と軽々しく二人っきりになったりしねえんだよ。言っただろ……あの時は呪いで変になってたが、ずっと、あんたと二人っきりになりたかったんだ。俺は」

――それなら誰にも俺達見られないし、話も聞かれないだろ。二人きりで、ずっと一緒だ。

呪いにより正気を手放してはいても、あの時の言葉には盛田の本音が含まれていたのだろうか。だから、あんなにも恥ずかしがっていたのか。

「なあ、今なら俺に何言ってもいいんだぜ？　木津さんの言葉を聞くのは俺だけ。俺を見るのは木津さんだけ。あんたの本音、聞かせてくれよ」

盛田は顔を上げ、目を細めて笑う。口説いてみろと。

「盛田さん……」

「木津さんが呪いで苦しんでるのは知ってるけどよ、俺、あんたの呪い、嫌いじゃねえんだよな。聞いてると、なんか、すげえ疚《やま》しい気持ちになる。けど、最高にクるんだよ」

もう盛田は照れてはいなかった。代わりに諦めたような恍惚《こうこつ》としているような、今にも蕩《とろ》けてしまいそうな、なんとも形容しがたい表情をしていた。たぶん、恋人以外には絶対に見せてはいけない顔だ。

「えっと、なんだっけ、さっきの質問」

再び照れ臭さが襲ってきたのか、盛田は明後日の方を見て突然そんなことを言い出した。

「今付き合ってる奴は、いねえよ。好きな食いもんは、そうだな、いろいろあるが、揚げ出し豆腐が好きだ。好きな奴は、いる。底なしにいい奴だ。けどすげえ鈍《にぶ》いし、箱入りで、なかなか手強い。誕生日は十二月五日で……あとはなんだ、そうだ、男との経験は、ねえな。け、けど……なあ、木津さん、あんた俺と一発ヤれるならなんでもするって言ったな？」

「あ、は、はい」

そういえば言った。呪いに言わされた言葉だ。だが、掛け値なしに本音だ。

「その後、言う事聞けって言ったな、俺は」

「はい……え？」

「木津さんは言う事……聞いてくれたよな」

盛田は目を逸らしたまま胸元まで真っ赤になっている。

「最初っから俺は……ずっと、いいって、言ってんのに、あんたが、鈍いから……くそ、もうこれ以上俺にどうしろって……」

「盛田さん、好きです！　大好きだ」

今僕の口を動かしているのは呪いだろうか、それとも僕自身だろうか、もうどっちでも構わない。

「……で？」

盛田は不貞腐れたように仏頂面でそっぽを向き、ソファーに背を預けた。頬杖を突き、だらしなく脚を開いている。ハーフパンツを押し上げる股間のふくらみがはっきりとわかる。タンクトップが捲《まく》れ上がって、割れた腹筋と臍がわずかに見えている。

「すごくセクシーだ。愛してる。あなたのためなら何でもする」

僕の陰茎はすでに痛いほど昂《たか》ぶっている。

「それから?」

少しずつ盛田の表情が和らいでいく。視線をちらりと、こちらにくれた。

「キスしたい。全身舐めたい。盛田さんが泣いて嫌がっても押さえ付けて……っ」

呪いが暴れ出したので反射的に口を覆う。けれど盛田はにやりと笑って、僕の方に身体を向けた。

「いいから……続けろよ」

盛田が身を乗り出す。

「……っ朝までずっと、犯し続けたい。中出ししまくって、盛田さんの尻の穴を舐めまわして、腰が抜けるまで、ハメまくりたい」

酷い言葉だ。本来なら絶対に許されない。だが盛田はそれを聞き、真っ赤になったが、やがて疼きに耐えかねたように、筋肉でできた厚みのある身体を反らせて、ぶるりと震えた。はあっと息を吐き、赤い舌で唇を舐め、彼は言った。

「ん……じゃ、それ、しようぜ」

言われた瞬間に彼の項に吸い付いていた。

「あっ……は」

低く甘い声に唆《そそのか》されて、耳の付け根を、少しだけ白いものが混じる生え際を、泣き黒子を、髭の生えた顎の下を唇で貪《むさぼ》った。

「盛田さん……」

目が合う。盛田は一瞬怯んで顔を引いたが、すぐに迷子のような表情で力を抜く。盛田の唇がうっすらと開いた。

「んっ……」

舌が触れ合う。言うまでもなく僕にとっては初めてのキスだが、あまりにも心地よいので抑えがきかない。盛田が欲しい。もっと欲しい。盛田の頼もしい首に腕を回して、角度を変え、何度も奪う。無精髭の生えた頬の感触を手の平で味わう。

「ん……木津さん……それ」

咽喉の奥で盛田が笑う。目を開けると僕の手から青い鬼火が漂っている。

「あ……わわっ」

まだ骨にはなっていないが、このまま続けたらどうなるのだろう。慌てて元に戻そうと、なんとなく腕を手の平でパタパタと叩いてみるが、一瞬収まっても、盛田と目が合うだけで、すぐにまた燃え上がってしまう。

「す、すみません」

「はは、俺とヤってると、そんなに興奮しちまうか？」

盛田は嬉しそうだ。

「いいぜ、木津さんさえ嫌じゃなけりゃ、俺は骸骨相手でも」

盛田はそこでにやりと男臭く笑った。

「いや、困るな」

「……んひっ!?」

大きな手で股間を撫《な》でられ、素《す》っ頓狂《とんきょう》な声を上げてしまった。

「ここはちゃんと残してもらわねえと……な」

形を確かめるよう服の上から優しくなぞられた。

「あ、あ……っ気持ちいい……っ盛田さん」

腰がみっともなく前後に動いてしまう。涙が滲んできた。

「木津さん……でけえな……」

真顔でぼそりと盛田が言う。

「はっ……あ……っ盛田さん……好きです……あ、ずっと……あなたを」

だが、僕はそれどころではなかった。盛田への想いが口をついて出て止まらない。呪いのせいだろうか。

「盛田さん、好きだ……もっと……」

盛田はしばらく僕を愛撫していたが、どこか気弱な仕草で目を逸らした。耳まで赤い。

「その、なんだ……木津さん、確認なんだが」

盛田は手を止めた。だが、指先で絶妙に亀頭の部分を押さえられ、酷く気持ちがいい。

脚が勝手に閉じたり開いたりしてしまって、じっとしていられない。

「はあ……っ、な、なに？　……ああ、すげ、いい……っんあっ」

「木津さんは……俺を……ほ、本気で、ええと……だ、抱きたい、のか？」

小さな声で盛田は問う。一瞬で快楽がどこかへ消えた。さっと血の気が引く。

どう答えるべきなのだろうか。ついさっき、僕は「犯したい」「ハメまくりたい」などと言った気がするが、こう確認してくるということは、盛田はもしかして……。

どうする。

僕は盛田が望むならどちらでも構わないと言うべきか。

普通なら何が正解なのか熟考するあまり、固まってしまう場面だろう。

「そうです」

だが、僕の口は勝手に即答した。しまった、と思う暇もなかった。呪いは僕の計算を何もかも無視して、洗いざらい全て正直に話してしまう。

「盛田さんの大きくて、むっちりした筋肉質なお尻を割り広げて、僕の精液でどろどろにしたい。チンポ突っ込んで泣かせたい」

盛田はそれを聞いてさらに赤くなった。陰茎を握る力が強くなる。

「……うあっ！」

情けない声が上がる。痛みのためではない。むしろその逆だ。果ててしまいそうになったのを必死でこらえる。

「ああ……盛田さん、駄目ですか？　……やりたい……っ……ずこずこ、盛田さんのケツ……っちんぽで突きまくりたい……種付け、嫌ならせめて舐めるだけでも」

泣きながら情けなく懇願《こんがん》する。盛田がようやく顔を上げた。

盛田と目が合った瞬間に僕は射精してしまった。じわりと作務衣の前に染みが広がる。

顔を上げた盛田が僕以上に目を潤ませ、唇を震わせていたからだ。

「……っあ！　でちゃ……った……すみませっ……」

「ほ、本気かよ……木津さんみたいな、若いイケメンが……こんな、でかくてむさい……ただの、おっさんだぞ」

染み出した液体が盛田の手まで汚す。しかし盛田は握ったまま手を離してくれない。

「あ、……あっ……」

ろくに刺激も受けないまま、射精して萎《な》えたはずの前がまた硬くなる。だが、盛田はそれどころではないようだ。口籠もりながら必死で言い訳めいたことを言っている。

「も、物好きにも……ほどがあるだろ。木津さんなら他に、い、いくらでも……」

誤解だ。僕は物好きでもなんでもない。盛田とセックスするためなら大枚をはたく人間は山ほどいるだろう。ゲイとしてはごく一般的な好みだと思う。少なくとも僕の知る限りでは。もしかして、盛田は知らないのだろうか。

いや、そんなはずはない。仕事で二丁目に出向くこともあると言っていた。口説かれる、とも。彼は自分が男にモテるということを知っているはずだ。

「……あ」

つまり今僕は盛田に強請《ねだ》られているのだ。「口説いてくれ」と。思えば盛田は何度も僕に言葉をせがんだ。僕は彼にこれでもかというほど何回も、それこそ言いたくない時でさえも「欲しい」と言い続けているというのに。

堪らなかった。この声で囁かれたら誰だって腰砕けになりそうな深くて低いバリトンボイスで「もっともっと」と、まるで駄々っ子のように。

「大好きです。死ぬほど可愛い。盛田さんほど素敵な人、見た事ない。あなたを抱きたい」

愛しさで爆発しそうだ。なんでこんなに可愛いんだ。いくらだって言うとも。

「僕、なんでもします。なんでもしますから……」

湯気が出そうなほど真っ赤になって目を逸らす盛田は、舐めまわすような僕の視線、そして熱烈に身体を求められることに戸惑ってはいる。

「俺……その、尻とか……やったことねえんだ……だから、やり方はわかんねえ」

しかし、どう考えても嫌がってはいなかった。

「……！」

僕は生まれて初めて呪いに感謝した。

「ん……あ」

僕のベッドの上で盛田が悶《もだ》えている。ハーフパンツは脱がせた。大きくて立派な身体だ。彼が脚を振り上げるだけで、ベッドが揺れる。必要なものは全て手元に揃《そろ》えてあるのだが、互いの裸に誘惑されて、なかなか準備が進まない。

盛田のタンクトップをはぎ取るように脱がせ、音を立てて盛田の乳首に吸い付く。盛田は恥ずかしそうに身を捩りながらも、僕が吸いやすいように胸筋の下に手の平を添えて持ち上げてくれた。僕は大きく口を開けて盛り上がった胸筋ごと口に含んで吸い上げる。

「んんっ！」

盛田が逃げるように上にずり上がろうとするので追いかけてキスをした。

「はあ……っ……盛田さんといる時は、ずっと見てました……ここ」

「へへ……知ってたよ……っんあっ……こういうこと……したくて、見てたのか？」

息を乱しながら、盛田が少し笑う。

「そうです……いつも……んっ……ん」

片方を指で嬲《なぶ》りながらもう一方は舌で転がす。

「すけべ……野郎……」

吐息交じりに罵《ののし》られた。盛田は笑っている。あらためて言われるのは新鮮だ。僕がスケベなことはみんなが知っている。僕も笑った。

「そうなんです。僕はどスケベの変態野郎なんです……んっ」

未練がましくもう一度キスをしてから、盛田の股間に顔を寄せて亀頭を呑み込む。

盛田のものはすっかり立ち上がっている。割れ目を舌でなぞって一度口から出し、頬を摺り寄せて匂いを嗅ぐ。

「は……っ！　おい、やめろって……嗅ぐなっ」

「ああ……硬い……」

太い幹《みき》に何度もキスする。反応してくれて嬉しい。

「そ、それより、いいのか……そっちじゃなくて……さ」

遠慮がちに目を伏せながら盛田が促す。まさか盛田の方から言い出してくれるとは思わなかった。それだけで痛いほど昂ぶってしまう。身体からは青い鬼火が漂いっぱなしだ。

深呼吸して気を鎮める。ここで慌てたら何もかもが台無しになる。

「は、はい……今から」

ごくりと唾を飲んで盛田の脚を開かせる。一瞬だけ盛田の身体が強張った。盛田は全て曝《さら》け出すことに耐えかねたように腕で顔を覆ってしまった。だが、そうすることで散々に虐め抜かれて赤く色づく濡れた乳首が震え、脇の窪みが露わになる。

そして、目元は隠せても、顎は見えている。無精髭の生えた口元は快楽に緩んでいた。

「可愛い……」

「馬鹿野郎……っ……も、早くしろよ」

ボリュームのある丸い尻の間で、盛田の肛門がひくひくと震えている。膝を持ち上げ、腰を浮かせて枕を差し込む。

「ん……!?」

盛田は軽々と持ち上げられたことに驚きの声を上げる。

「このまま舐めてもいいで……」

「駄目だぞ！」

思わず口走ってしまったが、言い終わらないうちに却下された。残念だ。後で死ぬほど舐めさせてもらおう。

「あの、さっき話した通りですが、本当にいいんですか？」

自己申告によれば盛田にアナルセックスの経験は皆無だ。前立腺マッサージの風俗さえ行ったことがないという。さらに今からするやり方は、いろいろな意味で覚悟を要する。

「任せる」

だが盛田は潔《いさぎよ》い。

「俺は詳しくねえし、とにかく俺のクソで木津さんが汚れなきゃ、それでいい。木津さんのやり方が一番綺麗になるんだろ？　木津さんが大丈夫って言うなら大丈夫だ」

「じゃ、じゃあ」

僕は呪《しゅ》の書かれた和紙を取り出した。これを本当に他人に使う日がやってこようとは思わなかった。作った当初は虚しいばかりだったが、今は過去の自分に礼を言いたい。

その和紙で陰茎を軽く拭って先程出したばかりの僕の精液を擦り付ける。ついでにコンドームを付けてしまう。きっとこれから、そんな余裕はなくなるだろう。

真言を唱えると手の中で和紙が縮んだ。それを軽く握る。

いつの間にか盛田は顔を隠すことを止め、僕の手の中を凝視していた。

手を開くと白い蛇が現れる。太さは手首の半分ほど、すぐに手の中から這い出して僕の腕に巻き付いた。

「おお……蛇だ」

「これが僕の式神です」

白い蛇はちろちろと舌を出しながら琥珀色の目でじっと盛田を見ている。一応、僕の分身なので、盛田が気になって仕方ないのだろう。

「今はまだ実体がありません。これが人の身体を傷付けることはないので、ご安心を」

盛田も白い蛇を凝視している。

「結構、可愛いもんだな」

よかった。盛田は爬虫類《はちゅうるい》が苦手ではないらしい。僕は白蛇を盛田の股間に近付けた。白蛇はちろちろと確かめるように盛田の窄《すぼ》まりを舐めた。

「ん……っ」

「じゃあ、行きますよ」

「わ、わかった……あっ」

白蛇が菊座を割ってぬるりと入り込み、尻尾まで吸い込まれていく。盛田がそれを見て、小さく呻く。

「便宜上、触れた時にわかるようになっていますが、この状態では基本的に質量はありませんので、入る時に痛みを感じることはないと思いますが……大丈夫ですか？」

「あ、ああ……痛くは、ねえな……あっ……」

盛田が目を閉じて顎を反らす。

「式神が今、盛田さんの便を取り込みながら腸を遡っています」

今僕は性に関することしか話していないので、呪いも大人しい。

「ある程度まで取り込み終えると……」

「はっ……あ……んっ」

白い蛇の頭が盛田の肛門を割り広げながら顔を出す。

「出てきます」

「んっ……!?」

盛田が出てきた白蛇を見て目を見開く。蛇は入った時の二倍の太さになっていた。

「入った時よりも太く、長くなっているのは腸の中身を取り込んでいるからですね」

「はあ……ん……あ、なんか、これ……あっ」

盛田はじっとりと汗ばんで悶えていた。割れた腹筋が硬く緊張しては緩む。ベッドサイドランプの光が盛田の汗に濡れた腿を照らしている。

「入った時と違って太いものを出しているという感覚があると思います。その人の肛門に合わせた太さになるようにしているので傷付きはしないはずです。どうでしょうか？」

「あ、……あ、どうって……あああっ……ん、すげ、これ……んっん」

長く太い白蛇がゆっくりと這い出る。鱗《うろこ》のわずかな凹凸が粘膜の縁を擦り、ミチミチと小さな音を立てた。盛田の肛門と直腸は限界まで広げられている。

「あ……ひっ……い、痛くはねえけど……まだ、出ん……のか？」

半身をまだ盛田の体内に残した白蛇は、ちろちろと舌を出しながら、盛田の逞しい太ももに巻き付いた。際どい場所を撫でられて盛田はひくりと震える。蛇は鎌首をもたげて盛田を凝視し、盛田の脚と交わろうとするかのように細かく身体を震わせている。僕の分身だから、というのはわかっているが、蛇の身ですら、あまりにも生々しく盛田を求めるものだから見ていられない。やがて白蛇は完全に盛田の身体から抜け出した。

「はあっ……はあっ……」

盛田は肩で息をしている。盛田のそこは、ぱっくり開いて赤い粘膜を晒していた。盛田の呼吸に従って喘ぐように開閉し震えた。

「……っ」

思わず生唾を飲み込む。

盛田の身長ほどもありそうな白い大蛇は名残惜しそうに、盛田の脚を尻尾で撫でてから、トイレへと這っていく。そして自ら便器の中に入っていった。排水溝を抜けたあたりで術は解け、白蛇は和紙と盛田の腸管内容物に戻っているはずだ。

「大丈夫ですか？」

「ああ、なんていうか、すげえ快便の時に、うんこ出し続けるみてえな。臭いも何もねえんだな。確かに腹の中はめちゃくちゃすっきりしてるが、これで本当に綺麗になったのか？」

「はい」

「ホントかよ？　……ん……わっ!?」

盛田はおもむろに自らの肛門に指を伸ばして驚いたように手を引っ込めた。

「どうしました？」

盛田は指を眺めて唖然としている。

「あれ？　い、いや、すげえ、ぐちゃって……したのに、指は汚れてねえ……？」

「あ、ああ、大丈夫ですよ。普通に洗浄するよりずっと綺麗になってるはずです」

そのように作った。

「ほら」

「あ、なにすんだ……」

盛田の手を肛門に導く。すっかり広がって、赤い粘膜を晒してぬかるむそこに指をそっと入れさせる。盛田の中指に僕の人差し指を重ね、優しく、そこを泳がせる。

「あ……あっ……嘘だろ、なんだこれ、ケツってこんな……なんでこんなに柔らかいんだよ、大丈夫か？　これ……あっ待て！　いきなり。深いって怖っ……あっ」

「ん……っ……赤くて、綺麗だ……っ……美味しい」

指と一緒に舌を押し込む。初めて尽くしで戸惑うそこを優しく宥める。じゅぽじゅぽ意地汚い音を立てて味わう。

「あっ、も、もしかして、舐めてんのかよ!?　……おい、ちょっ」

「大丈夫ですよ、綺麗ですから……っ、緩んでます」

「……ちゃんと元に……んっ……戻るのか？」

「無茶をしなければ。大丈夫、排泄した後は誰でも自然に緩んでこのくらいになります」

「マジかよ!?　……あっ……くっ」

確かに普通は排便後にトイレットペーパーで拭くだけで、穴に指を突っ込んだりはしないので知り得ないことだろう。閉じてしまわないうちに温めた潤滑剤をそこに垂らす。

「あ……」

盛田が縋るように僕を見た。それに笑みを返す。盛田は恥ずかしそうに僕から目を逸らし、指を抜いた。そして自らの膝裏に両手を回し、脚を開いた。逞しい腕も胸筋も腹筋も力んで盛り上がっているのに、むっちりした尻と腿からはすっかり力が抜けていた。その中央で、緩み切ったそこが僕を待っていた。

健気で少し滑稽で、それでいて凄まじく妖艶な仕草に我を忘れそうになるが、なんとか堪える。僕を信用してこんなにも協力的になってくれたのだ。絶対に盛田に苦痛を与えてはならない。許可をもらった僕は潤滑剤のぬめりを借りてさらに深く指を挿入する。

「ん……ん……」

盛田は鼻にかかった小さな声で喘ぎながら、首を振る。彼が喘ぐと、肉の沼の縁が厚みを帯びて力むが、すぐにまた緩む。その間、盛田の陰茎は痛々しいほど勃起《ぼっき》して、彼が身じろぎするたびに揺れた。

緩んでいるうちに「中が悦い」ということを盛田に教えこまねばならない。ここを緩ませていると快感が得られるのだと覚えさせなければ。

だが教えようにも、前立腺の感度は人それぞれだ。盛田はどうだろうか。盛田も僕と同じで、後ろで感じない性質であれば、どうすることもできない。できなくはないが、非常に時間がかかるだろう。今夜は諦めるしかないし、次を盛田が許してくれるかどうかわからない。

「ん……っ」

盛田の陰茎を頬張りながら、祈るような気持ちで中から陰茎の根元を指で探る。

「あっ！」

盛田が突然大声を上げたので驚いた。途端に口の中に濃い味が広がる。

喜びのあまり全身の毛が逆立った。ごおっと青い鬼火が迸り、自然と笑顔になる。

大当たりだ。

音を立てて盛田の亀頭を啜りながら、同じ場所を何度も撫でて押し上げた。

「い!?　……ひっ！　ああっ！　あああ！　……んんっんっ」

盛田はついに膝から手を離し、両手で口を覆ってしまった。

まだまだ盛田の陰茎を味わっていたいところだが、いったん口を離した。

「ここ、変な感じ……します？」

「……っ……っ」

盛田は口を覆ったまま胸まで赤く染め上げ、こくこくと何度も頷く。頷いた振動で、張り詰めた盛田の前が腹筋を叩いた。尻の奥を押すたびに白濁した滴を零す。前立腺で感じ始めると陰茎は萎えてしまう者も多いそうだが、盛田のそれは立ち上がったままだ。

盛田は怯えた目をしていた。わずかに首を振ったように見えた。もしかしたら彼は「そこはもう弄らないでくれ」と言いたいのかもしれなかった。だが、自ら口を覆ってしまっているために何を言いたいのかわからない。それをいいことに、執拗にそこを虐める。

「っっんんん……んんんんっっ!!」

盛田は涙を流しながら、首を振っている。僕を蹴飛ばしたり、脚を閉じたりすれば逃られるはずだが、それに気が付く余裕すらないようで、逞しい腰を浮かせ、つま先まで足を突っ張らせ、太い咽喉を反らし、ただ快楽に翻弄されていた。

「ここ、気持ちいいんですね……ここ、だ」

すでに彼の肛門括約筋には変化が現れていた。

今までは、本来の役割を思い出して我に返っては閉まろうとし、中に僕の指がいることに気が付いて、おっかなびっくり緩むのを繰り返していただけだが、今は迎え入れるために緩み、逃がさないようにするために締め上げ、快楽を貪ろうと蠢《うごめ》いていた。

空気を呑まされ、はしたない破裂音を上げさせられても、にちゃにちゃと身悶えし、中で好き勝手に暴れる指を歓迎し、喜んでいる。

「んあっ……木津さん……あっ……なんか、熱い……けつが、ちんこの根元……あっ!」

盛田はついに口を覆う余裕もなくした。

「痛くない……ですか？」

僕も限界が近い。息が上がる。股間が苦しい。今すぐ貪りたい。

「いたく……ねえ……あっ……ん、けど……っ……ひんっ」

一気に指を引き抜くと、その刺激が辛かったのか、盛田の陰茎からまた滴が垂れた。

「……っ」

切っ先をあてがうと、盛田が目を見開いた。

「あ……っ」

その目にまだ戸惑いがあるのを見て、渾身《こんしん》の力で耐える。今にも破裂しそうな亀頭をぬるぬると盛田の尻の間で遊ばせながら、盛田の顔の脇に手を突く。

「盛田さん……んっ」

盛田に口付けた。舌で、陰茎で、盛田の下の口と心が完全に開くまで、強請り続ける。

盛田の尻の間からにちゅにちゅと音がする。

「ね……挿《い》れていいですか？　……っん」

「あ、は……ふっ」

盛田は苦しそうに眉根を寄せ、答えない。だが、盛田の唇は緩み、僕を求めて舌を伸ばしてくれている。

「好きです」

涙が溢れ出た。限界だ。盛田を犯すことしか考えられなくなる。

「いいって言ってください……ちんこ、いれたい……」

キスの合間に何度も懇願する。

「お願いします……ここ、ずんずん突っ込んで……種付けしたい」

盛田の瞳が恐怖と期待の間で揺れている。

「中に出しまくって、僕の精液でぐっちょぐちょになっても、まだ出して……」

はっと我に返る。今僕は完全に呪いと同化していた。そっと盛田を窺って、僕は驚いた。

盛田の目は潤んでいる。直截的《ちょくさいてき》な言葉を浴びせられ、さらに怯えているかと思ったが、その逆だった。何がどうしてそうなったのか全くわからないが、今許可が下りた。彼の表情に、もはや恐怖の色はない。

「……ん」

やがて盛田は小さく頷いた。もう耐えられなかった。

「んあっ……あ」

腰を進めると盛田が吐息交じりに喘ぐ。盛田のそこは完全に緩んでいるわけではなかった。きつい輪をくぐるような抵抗がある。しかし、すでに受け入れる快楽は学んだようで、やがて僕を求めるように緩んだ。

「や、やっぱ、で、でけえ……よっ……こづ……さん！」

「ゆ、ゆっくり……ゆっくりしますから……っ！」

今すぐにでも突き入れたいのを我慢しながら、盛田が緩むのに合わせて慎重に進む。大量の汗がこめかみを伝った。

「はっ……」

半《なか》ばまで進んでから一度引く。

「ひっ……ん」

亀頭に掻き出された潤滑剤が流れ出し、盛田の尻の下を濡らした。盛田のそこは未知の太さに戸惑っていたが、抜いてしまうと今度は寂しがって口を開く。

「はっ……んっ！」

その隙にもう一度進める。今度は先程よりも、さらに深く。

「あっ……あっ……あっ……ん、木津さん……あ」

それを繰り返す。やがて盛田も僕の意図が理解できたのか、鼻にかかった声で小さく喘ぎながら、逞しい脚を僕の腰に回してきた。僕の首に縋り、甘えるように顎に口付けてくれた。優しく歯が当たる。盛田は目をうっとりと細めて僕を見つめている。絶対に酷い事はされないだろうと信じ切っている顔だ。

先程までは盛田を安心させたくて必死だったが、全幅の信頼を寄せられると、それはそれで困ってしまう。今も欲望のままに貪りたいのを必死で我慢しているのだ。そこまで余裕があるわけではない。

「くそ……っ」

甘い声しか上げなくなった盛田の唇を奪う。

「ん……ふ」

しかし、キスで目を閉じる前に盛田が微笑んだように見えたので、もう駄目だった。

「ん!?」

思い切り突き上げる。盛田の肩を押さえて弱い場所をごりごりと削りながら何度も奥を殴りつけた。どちゅっどちゅっと重たい音が股間から響く。

「んー!?……んんっ！　……っ……っ！」

突然の裏切りに盛田は目を見開いた。

もうほとんど根元まで入るようになっていたとはいえ、衝撃が堪えたのだろう、盛田が息を止める。それに気が付いて口を離した。息をさせてやらなければと思ったのだ。

「はっ……あっ！」

見ると盛田の陰茎は震えながら大量の精液を零していた。先程の一突きで達してしまったのかもしれない。

再び息を吸った盛田の顔は酷かった。だらしなく開いた口の端から涎《よだれ》が垂れ、直前まで僕と絡み合っていた舌はまだ痺《しび》れているのか、口からはみ出している。

盛田は焦点の合わない目を瞬《またた》かせて僕を見ていた。自分が何をされたのか理解しておらず、強過ぎる快感にただただ戸惑っているようだった。

「なん……ら……？　いま……の……っ」

盛田の直腸は快感の余韻でひくひくと蠢いている。

「あ……ふあっ……」

盛田の中が収縮する度に、くいくいと僕の陰茎を引き込む。それにすら盛田は可愛らしく喘いでいた。戸惑っている盛田に何か言ってやるべきだとわかっていたが、ろくな言葉が出てこない。

「だ、だいじょぶ……大丈夫ですから……っ」

「あっ！　……ん……はっ」

再び腰を使い始めると盛田は目を閉じて首を振った。逆手にシーツを掴んで悶えている。

「大丈夫……っ……」

僕は無意味に大丈夫だと繰り返しながら、絶頂に達したばかりのそこを苛《さいな》む。次第に動きを速めていく。

「ほ、ほんとか……？」

「大丈夫ですっ……痛くないですよね？」

盛田は苦しそうに頷いた。

「なら、大丈夫……」

盛田は僕より一回りも年上だが、子供を騙す悪い大人にでもなった気分だ。

「んっ……あ……っ……さっきの、が、またっ……もっ出る……また出る……待て……あっ」

「盛田さん……盛田さん……ああ、好きです……もりたさ……んっ！」

「あっ……！」

ひときわ大きな声が上がり、盛田は首を反らした。その瞬間、またそこがきつく締まる。だが今度は盛田の前は震えるだけで何も吐き出さない。しかし達している。

僕は低く唸りながら身を起こすと、盛田の足首を摑んで思い切り脚を開かせ、猛然《もうぜん》と上から腰を叩き込んだ。叩くたびに盛田が鳴く。

「あっ……あっ……あっ……あっ……っ……っっ……っ！」

やがてその声も出なくなる。局部を打つ水音とベッドが軋《きし》む音、僕の荒い息遣いだけが聞こえる。激しい律動《りつどう》のためにベッドが揺れ、ローションのボトルが枕元で冗談みたいに弾んで、やがて床に放り出された。

盛田は体中を真っ赤にして、声を出さずに叫んでいた。盛田の陰茎は限界まで張り詰めたまま、僕の腹と盛田の腹で叩かれて、たらたらと中途半端に白い滴を零している。

「あ……はっ……」

やがて盛田のそこが奥から順にぎゅうっと狭くなっていく。それに搾《しぼ》り取られるようにして射精する。後ろでの絶頂を何度も極めさせられて、盛田は舌を震わせていた。

「ひ……は……」

上手く呼吸ができていない。盛田は喘ぎながら、僕を見ていた。

ああ、大変だ。助けてやらなくちゃ。

「んっ……！」

しかし僕が次にした行動はそれとは正反対の、呼吸ごと奪うような激しい口付けだった。

「盛田さん……盛田さん……」

盛田の頬を両手で挟んで角度を変え、呼びかける合間に何度も吸い上げる。

「んん……」

「盛田さん……息して……盛田さん」

我ながら支離滅裂だと思うが、どうしても盛田の唇から離れられない。盛田の舌も僕を逃すまいと絡んでくるので、ますます止まらない。

「あ……はあっ……はあっ……」

やがて盛田の胸が上に覆い被さっている僕と一緒に呼吸で大きく上下し始める。

「んっ……んっ」

盛田は息を整えながら、大きな手を僕の頬に添えた。今度は盛田の方から情熱的に僕の唇を求めてくれた。先程までの余裕のなさもよかったが、明確な意志を持って僕に快楽を与えようと蠢く盛田の巧《たく》みな舌使いも素晴らしかった。彼は大人の男なのだと思い知らされる。それが堪らない。

「んう……っ……っ」

ずっとキスしていたい。

「ゆっくり……って言ったか？」

キスの合間に笑い交じりに詰られた。低い声が甘く掠れている。

「す、すみません」

盛田は咽喉を震わせた。

「謝んなよ。よかったぜ。ケツってすっげえんだな。はは……あ、まだ抜くなよ」

抜こうとすると盛田はきゅっとそこを閉じて引き留めた。まだコントロールが利かないのか、一度締め上げた後も、断続的に直腸が狭まる。

「ん……あ……んっ」

盛田は自分で締め上げておいて眉根を寄せて喘ぐ。なんて声だ。出したばかりなのに、腰を動かしてしまいそうになる。

「も、盛田さん……」

困ったように見つめていると、またキスされた。

「あ？　どしたよ」

盛田は無精髭の生えた口で意地悪く笑っている。僕の陰茎がもう回復して硬くなっているのは盛田が一番わかっているだろうに。

「僕……っ……その、このままだと……あっあっ」

盛田が軽く腰を弾ませたので、ぬぷぬぷと陰茎が出入りする。

「ん、なんだって？」

盛田はまだ笑っている。

「も、盛田さん、ほんとに……ちょ」

急いで引き抜いた。盛田のそこは伸びあがって追い縋る。このまま犯し尽くしてやりたいのは山々だが、せっかく盛田の身体に精液を残さないようにしたのに、コンドームが脱がされてしまいそうだ。カリが肛門の縁を抜けた瞬間に、盛田が小さく喘ぐ。

「っ……何だよ、抜いちゃうのか？」

その後、亀頭に続いて、たっぷりと精液の詰まったゴム風船がぬぽっと引き抜かれた。

「ん？」

盛田が妙な顔をしてこちらを見た。

「ゴム……付けてたのかよ」

「つ、付けてましたよ。ちゃんと」

そうか、盛田からは見えなかったのか。しかし、どうして詰る口調なのだろう。僕としてはこの点だけは童貞なのに、よく頑張ったと褒めてほしいくらいだ。その他の点ではだいぶやらかしているので、叱られても文句は言えないが。

「いや……だってよ、中出しとか種付けとか、すげえ言うから……っ、なんでもねえ」

盛田は赤くなって口を噤《つぐ》んだ。ごろりと寝返ってそっぽを向いてしまう。ベッドが揺れた。よく筋肉の付いた大きな背中と腰が露わになる。

「も、盛田さん!?」

盛田が何を不満に思っているのかわからなかった。コンドームを処理しながら、おろおろしていると盛田は僕に背を向けたまま言った。

「や、やるつもりねえなら、なんで精液とか、種付けとか言ったんだ」

「へ？」

「散々、どろどろにしてやるとか、中出ししまくるとか言ってたくせに、やるつもりねえなら、言うな」

盛田の項と背中は真っ赤だ。もしかして僕は今初めて、呪いに言わされた言葉について盛田に叱られているのだろうか。

「あの、盛田さん……な……生で、やっても、いいんですか？」

まさか、まさか、と思いながら、ごくりと唾を飲む。

「……」

するとと盛田はちらりとこちらを振り返り、また、ぷいとそっぽを向いて顔を隠してしまった。筋肉で丸く盛り上がった尻の奥はローションで濡れそぼっている。つい数分前まで僕を受け入れていた場所、そう思うだけで前がいきり立つ。

「盛田さん……あなたを滅茶苦茶にしたい……」

顔を背けた盛田に寄り添うように寝そべって、盛田の逞しい肩に触れる。

「けど、優しくしたい……盛田さん」

やがて盛田が横目でこちらを見てくれた。目尻がまだ赤い。気弱そうに下がった眉毛と泣き黒子が酷く扇情的《せんじょうてき》だ。

「わ、悪い……あんまり言うから、てっきり……俺は……」

もじもじと僕の二倍はありそうな太ももを擦り合わせながら盛田は言った。

「ん……もう、そういうもんだと……男同士なんて知らねえし……」

盛田は、はあっと熱い息を吐いた。

「木津さんのザーメンで、ケツどろどろにされるんだって……思ってて」

思わず天を仰いだ。僕は今日死ぬのか。一生分の幸運を使い果たして今日死ぬのか。

「汚ねえから、とか、病気が心配だから、とかなら無理にとは言わねえけど……あっ」

最後まで聞いていられなかった。盛田の腰を摑んでうつ伏せにし、尻を割り広げ、拗ねて寂しがっているそこを舐め上げた。

「なんてことを……っ……言うんですか」

「あ……あ……あっ！」

柔らかく解れており、傷は付いていない。舌先で入り口を潜り、肛門の縁を唇で優しく宥める。

「な、舐めてくれって意味じゃ……ねえから！　う……あっ」

盛田の言葉は無視して大きく口を開け、盛田の会陰《えいん》部に軽く歯を立てた。舌を根元までずっぷり差し込んで、奥を舐めまわす。同時に盛田の前も扱き上げて育てる。盛田の丸く盛り上がる尻肉に顔を埋め、存分に揉みしだき、ボリューム感を楽しむ。

「ほんとに……っ……中に出しますよ」

「だから、それを……しろって、言ってんだ……あっ！　……はあ……」

盛田は腰を浮かせて僕の顔に尻を押し付けるようにして悶えている。散々に甘やかされて、いい思いしかせずに開発されたそこは大変に素直で積極的だった。大きく口を開けて、指も舌も受け入れ、喜んでいるくせに、まだ強請る。

そして、盛田は先程、避妊具を付けたままでは足りない、とさえ言ったのだ。

盛田の腰を持ち上げてやると、盛田は僕にそこを捧げるように四つん這いになった。濡れに濡れ、覚えたての快楽の熱に浮かされて、くぱくぱとだらしなく開閉するそこが露わになる。薄く毛の生えた周囲に口付けすると盛田の腰が震えた。

「なあ……もう……」

盛田が強請るために振り返った。だが視線が合うとすぐに目を逸らしてしまう。耳まで赤い。もはや躊躇《ためら》う理由はなかった。がちがちに勃起したそれを盛田の尻に擦り付け、突き入れる。

「く……あっ」

中はびっくりするほど熱かった。生々しい感触に思わず息を詰める。油断するとすぐに出してしまいそうだ。

「あ……あ……あっ！」

二度、三度突き上げただけで、盛田は身体を強張らせて達した。直腸が獲物を呑み込もうとするように蠢動《しゅんどう》する。

「やべ……っあ、も、いって……る……って」

切羽詰まった初心な声とは裏腹に、盛田のそこは底なしの貪欲さで僕を貪っている。盛田が過ぎる快感に咽《むせ》び泣いていても、腰の動きが止められない。

「あっ……あっ……あちいっ……すげ、あ、また……っあっ！」

見事に鍛え上げられた盛田の身体は、哀れなほどに震えていた。そのくせ、腰と大きな尻は僕の律動に合わせて滑らかに動き、僕が突き出せば迎えにくる。タイミングが合うとタンッタンッと乾いた音がした。

「はあっ……！　あ、あ、ふか……いっ……んっ……はあっ……んん」

あまりにも深く入ってしまい不安になったのか、盛田は哀れっぽい声で泣きはするものの、そのまま甘い悲鳴を上げながら腰をくねらせるばかりで、一向にやめようとしない。

盛田の直腸に根元から先端まで情熱的にしゃぶられて、腰が溶けそうだ。

「んう……っく……」

だが、やがて盛田の肘が折れ、腰の動きが止まる。枕を握り締める盛田の大きな拳が震えていた。尻は高々と上げたままだ。度重なる絶頂のために腰を動かす余裕がなくなったのかもしれない。けれどまだ、僕を求めている。

うっすら笑って、盛田の逞しい腰を摑んで引き寄せ、立ち上がった。大丈夫だ。動けないなら僕に任せてくれ。青い炎が視界の端を掠める。腕の一部が骨になっている。僕の脚がマットレスを突き破りそうなほど沈む。

「なっ!?　……わ……あっ！」

急に身体が浮いて驚いたのか、盛田が暴れた。盛田は慌てて枕を離し、シーツに手を突いた。そんなことをしなくても僕が盛田の体重を支えているのだが、何かに縋りたいのだろう。それならば僕に摑まっていればいい。

「ちょ……っ嘘だろ!?　……あっ」

上半身も抱き上げ、僕の首に盛田の腕を回させた。そして、盛田の脚を思い切り開かせて支える。幼児に小便をさせるようなポーズだ。むっちりした太ももに指が食い込む。堪らない感触だった。盛田の身体のどこもかしこも僕を駆り立てる。

下から突き上げると、盛田の陰茎が揺れて滴が顔にまで飛ぶ。ぺろりと舐めて笑った。

「美味しい……」

「あ……んっ……下ろせって……重い、だろ……がっ……ああっ」

何もかも晒してしまう体位に驚いて盛田は狼狽えた。それはそうだろう。目の前で勃起した己のものがぶるんぶるんと弾んでいるのだ。

「全然……軽いです……ん、ほら」

「……あっあっあっあっあっ……っ……！」

しかし腿を摑んで思い切りよく出し入れしてやると、盛田は身体を硬直させて大人しくなった。盛田の突っ張ったつま先が宙を蹴る。何もかも僕に預けてしまってがくがくと身体を揺らしながらも、下の口だけは奔放に蠢いて僕を翻弄する。

「も、出ます……っ」

盛田の耳を唇で舐《ねぶ》りながら、なんとかそれだけ言う。

「あ、あ、あ……出せ……中……出せっ……ん、あっあ……ああ！」

「……っ……っ」

盛田の身体を抱きしめながら、言われるがまま最奥に放出する。三度目の射精だが大量に出た。同時に盛田の直腸がぎゅっと収縮する。まさに、搾り取られる、という表現がぴったりだった。

「ん……」

盛田は軽く鼻を鳴らして目を閉じた。

「あ、つ……っ」

盛田のそこはまだきつく締まったままだ。盛田は小さく喘ぐが、身じろぎもしない。盛田の腹筋だけが満足気にひくひくと痙攣している。まるで注がれたものを逃すまいとするような動きに誘われ、もう一度僕の陰茎が膨れ上がって、吐き出す。

「あっ……ん」

先程と比べると、ほんのわずかな量だったろうが、これには盛田も耐えられなかったようだ。小さな声と共に、ようやくそこが緩んで大量の精液が流れ出した。ぼとぼとと音を立ててシーツに零れる。

「は……あ……たれちま……う……」

盛田が鼻にかかった声を上げ、快感の余韻を味わうように腰をくねらせた。

巨漢の盛田は人に抱き上げられたことなど、ほとんどないだろう。そのせいか始めは不安な体勢に緊張していたようだが、今は抱き上げられて安心しきっていた。愛おしくて堪らない。

「ん……っ……」

振り返る盛田に口付けた。

「揺すったら、出ちまう……から、んあっ、すげえ……力……あっ」

盛田は切なく眉根を寄せて、甘えるように鼻先を僕の首筋に擦り付けた。そんなことをされたらじっとしていられるわけがない。

「んん……っ……鍛えて……いるので」

盛田の耳に唇を押し付け、抱え直す。

「そんなレベルじゃ、ね……だろ……あ、あっ……はあ……」

その振動で、太い楔《くさび》を呑んだままの盛田の尻の穴からまた白濁が溢れ出した。盛田は体中を赤くして硬直する
「なあ……あっ……お、俺、漏らしてねえ、よな？」

「大丈夫……僕の精液だけです」

「つっても……っ……すげえ量……だぞ？」

垂れ流す感覚で不安になったのか、盛田がなんとかそこを閉じようとするが、度重なる絶頂に疲弊し、受け入れる悦びに浸りきっているそこが、今さら持ち主の言う事を素直に聞くわけもない。甘やかすような優しい締め上げは逆効果だ。中に居座ったままの男がま

すます図に乗ってしまう。

「……ん、盛田さん……そんな、締められたら、僕……」

「ちょ……!?」

体内で再び大きくなったそれに狼狽えて、盛田が身じろぎするが、抱きしめてそれを封じた。たっぷり注がれて、突けば突くほど溢れさせるそこをゆるゆると抉り、次第に激しくする。盛田の後肛は空気を呑み、ぐぽちゅぽと下品な音を立てた。

「……っ、このまま、もっかい……いいですか?」

「あ……若けえな、もうおっぱじめちまってる……だろが、はは、ったく……いいぜ、ぁ……あ……あっ……ああっ……ああっ!」

盛田のそれも完全に復活して元気に腹筋を叩いている。ほんの数回突いただけで盛田はまた達した。何度も何度も極めたせいか、すっかり癖がついてしまったようだ。なんという才能だろう。盛田の体内がうねり、収縮し、僕を吸い上げる。

「も……いく……っ……いっ……っ……っ」

盛田は苦しそうに口を開けて硬直したが、僕に下から突き上げられて、がくがくと揺れてしまう。白い涙を流してすすり泣く盛田の陰茎も振り回されて、滴をまき散らしていた。

「盛田さん……あ、ごめ……止まらな……あっ……あっ……」

「あっ……あっ、いいっ、……っいっ……あ……すげ……はあっ……けつ、とけ……あっ」

盛田は息も絶え絶えだ。断続的なオーガズムで呂律《ろれつ》が回らなくなっている。僕を受け入れている場所も盛田と同じように喘ぎ、悶え、奔放に乱れていた。

「すご……い……ああ、盛田さん……また、出ます、出していい？　ね、出していい……ですか？……盛田さん、好きです……あ、気持ちいい」

「あ……あ……いい……から……はあっ……んんっ」

「……っ」

動かしながら放出したので、今度は盛田のそこは出されるや否や、はしたなく零れさせ、嗚咽するように痙攣した。

「ん……ん……あ……」

シーツの上には盛田の肛門の縁から滴り落ちた精液が水溜まりを作っている。視線を落とした時、盛田の腿に指の跡を付けてしまったのに気が付いた。

挿入したまま、ゆっくりとしゃがむ。

「あ、……おい……だいじょぶ……っ……かよ？　腰……んっ……痛めるぞ？」

盛田は柔道もやっているので、いかに筋力を必要とする動作なのかわかっているのだ。

だが、僕にとってはどうということもない。濡れた場所を避けて盛田の身体を下ろし、横たえる。ぬぽっと硬いままのそれが抜けた瞬間に盛田が小さく喘いだ。

「んっ……今さらだけど、すげえ力だな……」

骨が見えていた腕は、すでに元に戻っている。この怪力は先祖返りによるところもあるのだろうが、平常時でも盛田を持ち上げるくらいはできるのだ。鍛えておいて本当によかった。ティッシュペーパーを何枚か取って、盛田の股を拭いた。

「すみません。腿、痛くなかったですか？」

そっと指の跡を撫でながら盛田を窺うと、にやりと笑われた。

「それどころじゃなかったな」

盛田は筋肉質な大きな身体で、怠《だる》そうに寝返って仰向けになった。まだ息が荒い。疲れさせてしまって申し訳ないと思うのに、情交の跡も生々しい姿から目が離せない。

日焼けした首は快楽に火照って、汗ばんでいる。鋼《はがね》のように鍛えられた、たっぷりと厚みのある艶やかな胸板の健やかさと、淫靡《いんび》に尖った乳首の対比が目に毒だ。呼吸の度に蠢く綺麗に割れた腹筋、そして、ぐっしょり濡れたままの陰茎と、臍まで生える黒々とした陰毛、白濁した液体に塗れた逞しい腿には赤い指の跡。

凝視されていることに気が付いた盛田は赤くなって目を伏せる。盛田は僕を見ないまま、手招きした。

「ほら」

飼い主に呼ばれた犬のようにぴんと背が伸びた。いそいそと近付く。盛田の身体に手を這わせながら、隣に寝そべった。抱き寄せられ、盛田の胸に頬を押し当てる。顔を上げると盛田が笑顔で片眉を上げた。

「ん？」

照れ臭そうな無邪気な笑顔に胸が締め付けられた。ふいに盛田が呪いの影響で錯乱していた時の事を思い出してしまう。

あんな思いは、もう二度とごめんだ。

「おい、どうした？」

ぎゅっとしがみ付く。優しい声だ。鼻の奥が痛い。盛田を失ったら僕は生きていけない。

「あの、盛田さん、この一件が片付くまで……」

自分でも情けなくなるほど小さい声だった。盛田があやすようにゆっくりと僕の肩を撫でてくれている。

「仕事を休んで僕の家にいてもらうことはできないでしょうか……」

盛田の手が止まった。

素人のくせに警察の仕事に口を出すつもりか、それとも閑職《かんしょく》だからと侮っているのか、と怒らせるかもしれないとは思ったが、我慢できなかった。

「無茶なお願いだとはわかっています。でも、あまりにも危険です」

敵はまるで盛田が護符を持ち出すのを知っていたかのようなタイミングで襲ってきた。

おそらく敵は盛田のすぐ近くにいる。できればもう盛田には警視庁に足を踏み入れてほしくない。

盛田は大きくため息を吐き、困ったように頭を掻いた。

「だよなあ……」

「お、怒らないいんですか？」

「なんで怒るんだよ？」

口籠もっていると盛田が苦笑した。

「あー……、はは、前は何もわかってなかったからよ。さすがにこの状況で、イキがったりしねえよ。いざ呪われたら、俺じゃどうにもならねえのはわかってるさ」

盛田は肘を突いて横向きになると、僕の頬を指でなぞって、にっと笑った。

「……すべすべだなあ、木津さん。前から思ってたけど、あんた、すっげえ可愛いよな」

そのまま軽く頬を摘ままれた。

「ちょ、盛田さん！」

じゃれ合っている感じが、なんだか嬉しい。しかし今は喜んでいる場合ではない。

「いいな、それ。木津さんも一緒なら最高だ。仕事休んで、だらだらして……エッチして」

耳元で囁かれて簡単に股間に血が集まってしまう。

「でも、籠もってるわけにはいかねえな」

「やっぱり、駄目ですか」

　しゅんと項垂れる。

「俺がこの家に閉じ籠もってれば、それで解決するなら喜んでそうする。けど俺が休んだら今度は別の誰かがこの件を担当することになるだけだ。事が大きくなり過ぎた。矢代さんは解決を急ぐだろう。代わりの奴はたぶん俺よりずっと呪術には疎《うと》い。簡単にやられちまう」

　それどころか、警察内部に潜む犯人が盛田の代わりに厭魅係を拝命することだって大いにありうる。それほど間近に敵はいる。だが、自分の後任を当然のように案じている盛田は、きっと無意識に身内を疑うことを避けているのだ。酷い扱いを受けても、彼の根っこの部分は仲間を信じている。

　どう言ったらいい？　そもそも、出会って間もない部外者の僕が何を言ったって……。

　言葉を選んで口籠もっていると、盛田は頬から手を離し、僕の腰を抱いた。そして僕を覗き込み、困ったように笑った。

「そんな顔するなよ」

　だが、盛田がうんと言わないことはわかっていた。盛田は僕の頭を撫でながら言った。

「できるだけの備えはするつもりだぜ。木津さんの作った護符をもらえねえかな？　こっちの都合で受け取れなくて申し訳なかったけど」

もちろん、そのつもりだ。何度も頷く。

「そ、それから……」

盛田は俯いた。耳まで赤い。

「ずっとは籠もってられねえけど、敦子さんや優希さんに迷惑じゃなけりゃ……その」

つられて僕も赤くなる。

「夜は……ここに泊めてもらいてえ……な」

「……！　大丈夫です。ここは完全に母屋から隔離できる作りなんですよ……同棲っ……優ちゃんはわざわざ勝手に入ってくるだけで……新婚……僕、荷物を取ってきます！　いや、一緒に行きましょう……裸エプロン……っもういっそ住んでください、ここに」

「落ち着けって、明日な。それに、家の人にちゃんと話さなきゃ駄目だろ」

張り切る僕を盛田が宥めた。盛田は僕の手を取って口付け、笑う。

「明日は矢代さんに報告しなきゃならねえけど、なるべく早く帰るよ。それから何かあったらすぐに木津さんに連絡する。頼りにしてるぜ、相棒」

「は、はい！」

寝そべったまま思わず姿勢を正してしまう。

「何にせよ、犯人捕まえないことには、俺はいつまでも、びくびくしてなきゃならねえ。無茶はなし、安全第一だ。約束する。だから力を貸してくれ」

「もちろんです」

「……まあでも、報告さえ済んだら、木津さんの言う通り俺は休み取ってもいいのかもな」

しかし盛田は、気の抜けた顔でふっと息を吐き、そんな事を言い出した。

「え、どういうことですか？」

地道な捜査で隠蔽《いんぺい》の事実を暴《あば》いたのは盛田なのに。

「厭魅係の仕事はあくまで人皮護符の調査だ。犯人探しも、女性の殺人事件の再捜査も、護符が犯罪に利用されるのを阻止するのも、俺の仕事じゃねえってこった」

盛田が次にすべき仕事は、もう一枚の皮の持ち主である男性の身元を探ることだが、その男性と女性は夫婦や恋人同士の可能性が高いと推察される上に、女性は何者かに殺害されていた。おそらく男性も殺されたのだろう。その二つの事件の犯人は同一人物と考えるのが自然だ。つまり男性の身元の調査は女性の殺人事件の調査に含まれる。この件はもはや盛田一人の手には余る。

「矢代さんからの指示待ちだが、たぶん調査は一旦凍結されるだろうな。大スキャンダルだ。どうなるかは俺にもわからねえけど、少なくとも厭魅係なんかにゃ任せておけねえって話になるだろ。俺はお払い箱だ」

それでも普通は何かと協力を要請されたりするのではなかろうか。そういえば、以前も盛田は似たような事を言っていた。担当部署が分かれているから、というだけにしては、極端な気がする。

「盛田さん、前に言ってましたよね。『どうせもう二度と、まともな刑事の仕事はさせてもらえない』って、あれ、どういう意味ですか？」

ずっと気になっていた。どうして盛田は諦めているのだろう。他の刑事のことは知らないが、盛田はフットワークが軽くて勘もいい。八重山によれば抜群に有能だったらしい。そうだろうなと僕でも思う。そもそも、そんな彼がなぜ厭魅係という閑職に追いやられたのか。

盛田は困ったように笑った。

「ほんと、馬鹿みてえな話だよ。内部の恥ずかしい事情だ。他言無用で頼むぜ」

盛田は大学卒業後に警察学校へ入り、首席で卒業した。その後も組対課、続いて捜査一課で目覚ましい活躍を遂げた。剣道の大会でも素晴らしい成績をおさめ、まさに文武両道。

「ノンキャリアの星だってよ……ったく、恥ずかしいこと言うよな」

あほくさ……盛田は吐き捨てた。

「だけど、俺もやっぱりあほだったから、ちょっといい気分だったな。そりゃ、好きで選んだ仕事が自分に向いてりゃ嬉しいさ。犯人逮捕して、褒められて、遺族も喜ぶ。躍起《やっき》になって仕事したよ。天職だって。けど今思うと乱暴な真似ばっかりしてたな。あんなの全然褒められたもんじゃねえ。捜査の手法としちゃ下の下だ」

　それは盛田が連続殺人事件の合同捜査本部に参加した時のことだった。捜査が行き詰まり、マスコミが騒ぎ始めて本庁預かりになった事件だった。早く解決しろと上から圧力をかけられたそうだ。だが所轄の刑事は情報を出し惜しみしているようだった。

「所轄に後輩がいたんだ。そう親しくもなかったが、俺が挨拶すると嬉しそうにしてた。要領はよくねえけど真面目でな。刑事になれて喜んでたよ」

　盛田は先輩に命じられて彼を飲みに誘ったという。

「制服警官に毛が生えたようなもんで、まだ経験は浅い。先輩がそれとなく探りを入れたら、情報をあっさり漏らしてくれた。本人は自分が大事な情報を漏らしたことにすら気が付いてなかった」

　盛田は苦い顔で笑った。

「汚ねえことしてるのはわかってた。でも早く解決しなきゃ次の犠牲者が出るかもしれねえ。仕方ねえんだって、その時は自分に言い聞かせてたよ」

　だが所轄が情報を隠していたのには理由があった。下手にその情報を言い触らすと、情報提供者を危険に晒す可能性があったからだった。

「けど結局、その情報が決め手になって事件は解決した。情報提供者も無事だった。その後輩も、まあ、今でも元気に刑事やってるよ。さすがに疎遠にはなったがな。その後も俺はずっと働き詰めだった」

盛田の周囲がきな臭くなってきたのはこの頃だった。

「課長に呼ばれたんだ。高そうな料亭だ。偉い人と引き合わされた」

捜査一課長、八重山によれば総務部長の矢代の呼び出しを無視したという男だ。

「キャリア至上主義に革命を起こすだとか、なんだとか言ってたな。もう忘れたが。要は俺を担《かつ》ぎ上げて、上の地位につけてキャリア連中を見返したいって話だった」

「ノンキャリアの星……」

僕の呟きに盛田は頷いた。キャリアとノンキャリアの対立はよく聞くが、実際にある話だったとは。

「笑っちまうだろ。俺もその時はよく考えてなかったから、胡散臭えなとは思ったが、なんとなく喧嘩《けんか》するのも面倒で、曖昧な返事して仲良く飲んで家に帰ったよ。でも……」

盛田が過去に担当して解決した事件の捜査が違法な手段で行われた可能性があるという疑惑が浮上し、内部調査が行われることになったという。

「俺が直接やったことじゃねえけど、部下がしたことなら俺の責任だ。本当なら由々《ゆゆ》しき事態だ。いくらでも調べてくれってなもんだったけど、俺を担ぎ上げようとしてる奴らはそうは考えなかった。『そんなことされたら、俺達が今まで丹精《たんせい》込めて育ててきた、盛田隆一巡査部長の輝かしい経歴に傷が付く』って思ったらしい」

盛田はからからと笑う。

「また、料亭に呼び出された。課長に言われたよ。内部調査を任された担当者を説得するって。説得ってのは、つまり、脅《おど》して捜査から手を引かせるってことだ。嘘を吐かせるってことだ。この俺が順調に出世するために」

この時になって、盛田はようやく事の大きさに気付いた。

「課長と、そのお偉いさんが口から泡飛ばしながら俺に何か言ってた。覚悟を決めてほしいだとか、そんなことだ。けど俺は答えられなかった。なんでかわからねえけど、その間ずっと俺は、あの後輩を飲みに誘って情報を聞き出した時のことを思い出してた」

後輩を騙して傷付けた。無邪気に慕《した》ってくれていたのに。なぜあの時、先輩を止めなかったのか、もっと他にやりようがあったはずだ、と。

「気が付いたら、徳利《とっくり》投げつけられながら土下座してたよ。俺には無理だ、手を引かせてほしいってな。恩知らずって殴られたぜ。課長、もういい年なのに目をこんな三角形にしてよお、怖かったな、ありゃあ」

盛田はまた笑う。その一件以来、盛田は徹底的に冷遇されているという。

「仕事のことだけ考えて生きてきたはずなのに、気が付きゃ窓際、四十過ぎで。わびしいもんだ。断ってなければ俺は今頃、すげえ出世してたのかもな。そしたら木津さんにも会うことはなかったわけだから、断って正解だったな」

甘く微笑まれて、照れてしまう。

「まあ、こうして出世街道からドロップアウトしてわかったこともある。こうなる前は、課長ほどじゃねえけど、確かに俺もキャリアの連中にちょっと反発してたところがあった。もう現場の文化みてえなもんだ」

やはりそういった空気があるのか。

「でもな、仕事干されて不貞腐れてる俺を拾ってくれたのは総務部長の矢代さんだ。バリバリのキャリアだよ。次期警視総監って言われてる」

矢代の無駄のなさ、抜け目のなさを思い出す。

「あの人みたいなのと話すとなあ、やっぱ頭いい人はすげえな、と思うしかねえよ。話すのが半端なく楽なんだ。ちょっとの説明で大抵のことは理解してくれる。しかも、余計なことは一切考えてねえ。やたら偉そうにもしねえ」

思った以上に盛田は矢代を信頼しているようだ。

「課長によると、キャリアなんて現場のことは何も知らねえ、出世のことだけしか考えないお荷物らしいけどよ。俺に言わせりゃ、キャリアだのノンキャリアだのつまんねえこと言って、真っ当に仕事してる監察官を邪魔しようとするあいつらの方がよっぽどお荷物だ」

盛田はため息を吐きながら首を振る。いろいろと思うところがあるのだろう。

「まあ、そういう訳で俺はたぶん、この先ずっと厭魅係のままだ。木津さんのおかげでようやくそれらしい仕事ができるようになってきたしな。よろしく頼むぜ」

盛田は悪戯っぽく笑って片目を瞑る。

「木津さんは雰囲気がどことなく矢代さんに似てるよ。二人とも賢いからか？」

そんな事は考えた事もなかった。

「あとは、人を助けた時に『当たり前のことをしたまでです』って真顔で言いそうなところだな」

盛田は笑った。

「いや……ち、違いますよ。僕のはそんなんじゃ」

「違うのか？　じゃ、なんだよ？　なんで、あの女の子を助けたんだ？」

矢代のことはよく知らないが、僕の動機は立派なものではない。なんと言えばいいのか。どうして僕はあの少女を助けようと思ったのだろう。まともに話を聞いてもらえない彼女と自分を重ねたから？　確かにそれもあるが、もっと根本的な理由があった。

「僕は、もともと全然いい人間じゃないんです」

盛田は眉を顰めて何か言おうとしたが、それを制して続けた。

「前に、盛田さんが僕に電話で言ってくれたこと、覚えてますか？　呪いに対抗する力がなくなっても、僕は役立たずなんかじゃないって。木津家の力じゃなくて僕の知識が必要なんだって言われて、僕がどれだけ嬉しかったか」

思い出すだけで涙が出そうになる。

「すごく嬉しかったのに、僕は電話を切った後、あなたを押さえ付けて無理やり犯したいと言ったんだ」

盛田が息を呑んだ。自分の言葉に触発されて、その後しばらく僕は酷い卑語を連発した。盛田は沈痛《ちんつう》な表情でそれを聞いている。

「……っ射精管理……性奴隷《せいどれい》っ……監禁っ……っ肉便器……す、すみません。あの痴漢は僕も痴漢みたいなもんだって言ってたけど、本当にその通りです。しかも心の中にも痴漢と同じような下劣さを持っている。盛田さんはもう知ってますよね」

セックスの最中にも僕は散々酷い台詞を言っている。

「だけど、それでも僕は自分を救いようのない奴だとは思ってないんです」

普通の人間ならどんなに醜い欲望を身の内に抱えていても、実際の発言や行動さえ正しければ責められない。心の関所が正しく機能していることが大切なのだ。呪いに発言を強制される僕はその関所が最初から壊れている。つまり僕が善良な人間なのかどうかは、僕しか知ることができない。

「その、僕は……ケツまんこ……っこんな感じなので」

タイミングよく呪いが仕事をしてくれた。盛田は促すように黙っている。

「僕を、いい人間だと、まともで信用に値する人間だと思う人はこの世にはいない」

駅で痴漢を取り押さえたあの時も、皆僕を疑っていた。仕方ない。僕だって僕のような人間がいたら警戒する。

「その可能性があるとしたら、世界でたった一人、僕だけだ」

僕は自分がいかに汚い人間かすでに知っている。でも、それでも、僕だけなのだ。

「ここで保身に走ったら、僕はそのたった一人の人間の信用を失うことになる。そう思った」

もしもあそこで女の子を見捨てたら、自分の身が可愛いからといって誰かを犠牲にしたら、僕は自分を許せなくなる。

「そんなの辛いじゃないですか、僕には僕しかいないのに……」

「……つまり、木津さんは自分のことが好きって、そういう事か？」

「え？」

そうか、そういう事になってしまう。

「あ……えと」

冷静になって考えると、どんな図太さだ。しかし、そうだ。自分の信頼だけは裏切らないように生きてきた。だって僕には他に守るものはないのだ。

俯きかけた時、大きな手が僕の頭を掻き回した。

「わっ！」

「はは、そうだよな。木津さんは自分を好きになる資格あるぜ。あんたはそれでいい」

盛田はくしゃくしゃの顔で笑う。

「馬鹿野郎！　俺が言ってんのはそういうことだよ！　さらっと言いやがって。だから、それができねえんだ、普通は！　少なくとも俺はできなかった」

盛田は何かを思い出すように遠い目をしてから、軽く首を振った。

「それにさ、寂しい事言うんじゃねえよ。木津さんを信用する奴は誰もいない、なんて……いるだろうがよ。ここに、俺が」

盛田は口を尖らせる。

「え……？」

僕の呆《ほう》けた顔を見て盛田は目をつり上げた。

「してるぞ!?　なんだと思ってたんだ！　男とヤったこともねえのに、ケツ貸したんだぞ、俺は！　尻の穴に蛇まで入れさせてよ」

かあっと顔が熱くなる。言われてみれば、その通りだ。

「俺だけじゃねえ。痴漢されてた、あの女の子も絶対木津さんのこといい奴だって思ってるぜ。少なくとも二人は……いや、普通にもっといるだろ。ひでえなあ、木津さん」

不満げな盛田をぽかんと見つめてしまう。盛田はふいに表情を緩めた。

「なんで俺は後輩から情報を聞き出したことを忘れられなかったんだろう、なんで俺はあの時、課長の提案を断ったんだろうって、仕事干されてから、ずっと考えてた。たぶん俺は後輩の信頼を裏切った時に自分を嫌いになったんだ」

盛田は晴れやかな顔をしていた。

「ここで課長の言いなりになったら、俺は二度と自分を許せなくなる。だから逆らった。簡単な話だ。木津さんと話してようやくわかった」

盛田は眩しいような顔をして僕の頬に触れた。

「木津さん、あんたはすげえな。俺よりずっと若いのに」

思わず盛田の大きな手に指を重ねた。

「不思議だな。木津さんといると自分を嫌いだったことなんて忘れちまいそうになるよ」

盛田は目を瞬かせて僕を見つめた。その目が細められると同時に、僕はぎゅっと抱きしめられた。

「はあ、どうすりゃいいんだ……あんたが大事だ。なんで俺なんか好きになった？」

苦しそうな声だ。温かい身体を抱きしめ返す。なぜ、なんてこっちが聞きたい。どうして僕なんかを好きになってくれたのだろう。

「木津さんも危ない事はするなよ。もう外で電話は禁止だ。あと、俺を捨てんなよ、若造。みっともなく泣いちまうからな……おっさんは」

低い唸り声。それなのに、涙を含んで甘い。

「そんなの、こっちの台詞……んっ」

奪い合うように口付ける。盛田を愛している。涙が溢れてきた。身体が熱い。

「好きです……盛田さん」

広い背中を撫で上げると、それだけで盛田の吐息が震えた。潤んだ目で見つめられると、もう駄目だ。だって盛田が「しよう」と誘っている。

盛田に圧し掛かり、脚を開かせた。

「あっ……はあ……っ！」

「盛田さんのことは……僕が、絶対に守ります……っ」

性急に中を暴かれて盛田はそれでも心地よさそうにのけ反った。

「んっ……」

「どんなことをしても、絶対に」


目が覚めると夜明け前だ。盛田は疲れ切って眠っている。起こさないようにベッドを抜け出し、ソファーの下に乱雑に放置されていた盛田の上着を拾った。

作業を終え、朝食を作っていると、優希が帰ってきた。

「ふあ、ただいまあ」

優希は目を擦りながらダイニングテーブルに腰掛ける。

「お帰り……っ盛田さん……」

「盛田さんじゃないよ！　優ちゃんですよ！　ね、サークル仲間とカラオケオールの不良娘に何か言う事ないの？」

「ほどほどにな。……盛田さん……優ちゃんのことは信用してるけど」

「違うでしょ！　ありがとうでしょ！　気を使ったんでしょ!?　ばあちゃんからメールきたよ！　早く寝ることにしたって、帰ってくるなら恵ちゃんの部屋には行くなって」

敦子は優希とそんなやり取りをしていたのか。恥ずかしくて死にそうだ。

「で、どうだった？　進展あった？」

優希が台所までわざわざやってくる。回り込まれ、追い詰められた。

やめてくれ、盛田が起きてしまう。

「あ、う……も、盛田さん……っ」

手を拭き、居間のドアを閉めようとして、転びそうになる。

「……その、えっと……盛田さん、大好きっ……」

「だから、知ってるよ。うわあ、その態度、もう絶対進展あったよね。付き合うの？　チューくらいした？　ねえ、どうなの？　ほら、いつもならさあ……」

「盛田さ……っん……」

進展は、あった。だがストレートに聞かれるとどうしていいかわからなくなる。真っ赤になって口をぱくぱくさせていると、優希は何かに気が付いたのか口を押さえた。

「やっだ……うそ」

優希の顔がみるみるうちに赤くなった。目を丸くしている。

「もしかして、恵ちゃん、さっきから言ってる『盛田さん』って、呪いなの？」

「え？」

言われて初めて気が付いた。そういえば、いつものような下品な言葉は出てこない。その代わりに盛田の名前を呼び続けている。

「あ……」

「まさかと思うけど、恵ちゃんにとってのエロい事って全部盛田さんになっちゃった？」

僕も口を押さえて唖然とする。そうなのだろうか。しかし、そう言われれば以前からその傾向はあった。盛田と結ばれたことで、僕の呪いは完全に変質してしまったということか。

「な、何それ、やらし過ぎ！　なに、ってことは、もうヤっちゃったの？　嘘、信じらんない。童貞なのに、恵ちゃんなのに、ていうか、ヤったどころの騒ぎじゃないでしょ。エロいこと全部『盛田さん』で上書き、しかも一晩で……どんだけヤったんだよ！」

その通りである。何も言えない。

「体力馬鹿！　絶倫！　おめでとう！　初彼氏！」

「ちょ、静かに！　……盛田さんっ……もう、眠いんだろ!?　さっさと寝ろよ！」

「こんなの面白過ぎて寝られないよ！」

　そこへ敦子がドアを開けて入ってきた。

「朝っぱらから、うるさいねえ。夜もうるさかったけどねえ」

　別棟とはいえ、やはりうるさかったのか。申し訳ない。

「ばあちゃん！　恵ちゃんが、恵ちゃんが……！」

「はいはい、で、盛田さんはここに住むのかい？」

　いつもながら、全て聞かれていたのだろうかと思うほどの勘のよさだ。

「あ、優ちゃんもばあちゃんも、その件でちょっと話が」

「いいよ、住まわせなさい。その方がいい。なるべく早く防音工事するんだよ。あと鍵」

「私も賛成！」

　話が早い。早過ぎて居た堪れない。

「う、うん、ありがとう……昨日はほんとに、ごめん」

「ちょっと、恵ちゃん、盛田さんに感謝じゃない？　これってある意味、呪い解けちゃったようなもんだよね。盛田さんの名前言いまくるとか変な人は変な人だけど、突然『チンポしゃぶりたい』とか言い出すより全然マシでしょ」

確かにそうだが、恥ずかしい。盛田にどう思われるだろう。というより、盛田にとっては以前の方がまだよかったのではなかろうか。優希は興奮冷めやらぬ様子で話を続けている。

するとと盛田が入ってきた。シャワーを浴びて身なりを整えてきたようだ。神妙な顔をしているが酷く恥ずかしそうだ。会話を聞かれてしまったのかもしれない。

「あ、おはようございます」

「悪い、寝坊しちまった」

盛田はエプロン姿の僕に目を留めると申し訳なさそうに言った。

「盛田さん、身体は……」

大丈夫か、と続けようとして思いとどまった。優希と敦子がにやにやしながら僕らを見ている。盛田は恥ずかしくて声も出ないといった風だ。

「盛田さん！　恵ちゃんをよろしくお願いします！」

優希は駆け寄って、盛田の手を握りながら、僕の呪いが盛田のおかげで、より害の少ないものに変わったことを興奮した口調で伝えた。盛田は喜びと困惑が入り混じったような複雑な表情をしていたが、意を決したように自らの顔を叩くと優希と敦子に向き直る。

「き、昨日は……ご厚意で泊めていただいた他人様のお宅で、大変申し訳ありませんでした」

盛田は深々と頭を下げた。つっかえながら、たどたどしく続ける。

「木津さん……け、恵信さんとは、今後も真剣に交際を……」

「盛田さん……」

誠実な態度に胸を打たれる。こんなにも素晴らしい男が自分の恋人だなんて、ちょっと信じられない。目を潤ませていると、盛田のスマートフォンが鳴った。職場からの呼び出しのようだ。

「やっぱり、行かなきゃ駄目なんですか？」

エプロン姿で見上げると苦笑された。

「ん、気を付ける。報告しなきゃいけないしな。それと先輩が情報持ってきてくれたらしい」

「朝ご飯は」

「悪い、帰ってきたら食う」

「なんなのもう、これ絶対すでに結婚してるよね」

僕と盛田のやり取りを見た優希が半ば呆れながら呟く。

「あ、そうだ、盛田さん、これ作ったんで」

エプロンのポケットから護身用の呪具を取り出し、盛田の上着の内ポケットに入れる。

優希の髪の毛を編み込んだ麻縄を大きな翡翠《ひすい》の勾玉《まがたま》に結んだものだ。

「昨日言ってたお守りです」

「ああ、助かる。ありがとうな」

「この家の外では常に身に着けていてください。あの護符は僕が責任を持ってお預かりします。矢代さんにもそう伝えてください」

「わかった。じゃあ、また連絡する。敦子さん、優希さん、本当にありがとうございました。行ってきます」

「気を付けて」

盛田は出掛けていった。玄関先で見送っていると、敦子と優希が隣にやってくる。

「いってらっしゃいのキスとか、すると思ったのに……」

「私もだよ」

「し、しない……っ盛田さん……」

そそくさと家に戻り、朝食の支度を再開した。放っておくと際限なくこの二人に揶揄われそうな気がする。

「優ちゃんはご飯食ってから寝る？　それとも食わずに寝るか？」

「うう、食べる、食べたい、けど、さすがにもう眠いわ」

優希は朝日の差し込むダイニングテーブルに突っ伏した。

「こら！　優希！　食卓で寝るんじゃない」

敦子に怒鳴られても優希は目を開けない。無理もなかった。もう日が高い。いつもならば、とっくにベッドに入っている時間だ。

その時、優希の髪の毛が不自然に宙に舞った。珍しい。彼女に付き従う狐の眷属はよほどのことがない限り、寝ている彼女にはちょっかいを出さないのに。

「え……！」

すると優希は突然身体を起こした。寝ぼけ眼《まなこ》で何か言っている。風鳴りのような、地響きのような、例の人間のものではない言葉で。

「ど、どうした？」

「あああ、あの、術者、盛田さんを襲った人！　目玉の呪いの」

なんだと。思わず身を乗り出す。

「足取りを追わせたんだけど、用心深く歩き回ってたみたい。今場所がわかったって」

優希は険しい顔で唾を飲んだ。

「ありえないんだけど……ほんとなら、やばい」

「どこだったんだ」

「警視庁……だった」

半ば予想していたとはいえ、背筋が寒くなる。恐れていたことが現実になってしまった。

詳しい情報を聞こうと優希を揺するが、もう目が閉じている。

「で、どんな奴……って優ちゃん！　寝るなって！　頼むから起きろ！」

「ごめ、ほんと……ごめ……ん……」

優希はすやすやと寝息を立て始めた。

その時、テーブルの上で僕のスマートフォンが振動した。盛田からだ。嫌な予感がする。

震える手でスマートフォンに手を伸ばした。手から青い炎が漂っている。

「恵信！」

敦子が叫んだ。首を振っている。電話に出るな、と言っているのだ。だが、取らないわけにはいかなかった。盛田は今、敵のいる場所へ向かったのだ。

「もしもし」

通話ボタンを押した瞬間に鬼火は消え失せた。

『盛田は預かった。返してほしけりゃ、人皮の護符を持ってこい』

男の声だ。一瞬何を言われているのかわからなかった。

だが、次の瞬間に、ざっと鳥肌が立った。まずい。非常にまずい。

『おっと、電話は切んなや。あんたの鬼の姿は厄介やから』

電話の声が聞こえたのだろう。敦子が怒りと焦燥の入り混じった険しい顔で僕を睨んだ。

敦子が何を言いたいのかはわかるが、今はそれどころではなかった。

敵は僕の弱点を知っている。

『力比べなんぞ、ガラにもないことするもんとちゃうな。舐めてたわ。おかげでこっちは大やけどや』

　昨日盛田を襲った術者に間違いない。

　ああ、この関西弁。よく聞けば知っている声だ。最悪の想像が頭を駆け巡る。

「優希！　起きな！　出番だ！　起きとくれ!!」

「う……ん……」

　敦子は優希の身体を揺すって声をかけ始めた。敦子はすでに何が起きたのかほぼ正確に把握している。確かに、優希に頼れば先手を打てるかもしれない。だが一向に起きる様子がない。この状態では無理だろう。

『電話切ったら盛田を殺すで。逆らっても殺すし、警察に通報しても殺す。ああ、あんた以外の木津家の人間が動いていることがわかっても殺す』

　まるでこちらの動きを見透かされているようだ。敦子は悔しそうに優希を起こそうとするのを止めた。

『まずは充電やな。今から言う場所で充電器買うてこい。わかるか充電器？』

　どうする。次の手は。後は何ができる。何が使える？

　その時、何かをドンッと蹴り上げるような音が聞こえ、スマートフォンを取り落としそうになった。

『わかったら返事せんかい』

平坦な声だった。相手は本気だ。逆らえば盛田は死ぬ。

「わ、わかりました」

『ふうん、あんたほんまに電話なら普通なんやな』

男は電話の向こうで僕をせせら笑っている。

『チンポ大好きの坊ちゃん』

電話の男は盛田の先輩で組対の刑事、八重山だった。


八重山の指示により一人で郊外の神社へ向かう。スマートフォンを持ったまま駅の改札を通った。

「盛田さんは無事なんですか？」

『無事やで。まあ、無事な証拠とか出さんけどな。証拠があろうとなかろうと、あんたは来るしかないもんな』

その通りだ。腸《はらわた》が煮えくり返る。駅構内のアナウンスが響いた。

『今、駅か？　あ、これから電話で盛田と僕の名前言うたら盛田を殺すで』

「わかりました」

『ほんなら、武器持ってたら今捨てろ。駅のゴミ箱に。呪具もや。人皮の護符以外、全部』

　黙って指示に従う。敦子の言いつけで常に持ち歩いている護身用の呪具も全て捨てた。これで僕は完全な丸腰だ。

『少しでも妙な真似してみい、その瞬間に盛田は死ぬ。あんたも術者や、わかるやろ』

　結界が張ってあるのだろう。

「捨てました」

『よくできました、後は大人しゅう座っとれ』

　電車がホームにやってきた。行き先を確認して乗り込む。スマートフォンを握ったままの僕を通行人は怪訝な目で見つめるが、いつもと比べればましだ。

『暇やな』

　八重山はぼそりと呟いた後、明るい声で笑いながら続けた。

『せや、その場で、人妻と3Pしたいですって三回言え。大声で。慣れとるやろ？　ほれ、早よせえ。盛田殺されてもええんか』

　朝の車内には大勢の人が乗っている。

『おい、聞こえとるやろ』

　八重山は低い声で凄む。

「人妻と3Pしたいです！　人妻と3Pしたいです！　人妻と3Pしたいです！」

車内の人間が一斉に振り返った。電話の向こうで八重山は爆笑している。八重山は僕のことがよほど嫌いらしい。正体を隠していた時からずっと、それだけは変わらない。僕を傷付けることについては全く躊躇がないようだ。

『はは……ほんまに、ほんまに言いよった、はは、さすが、いつも大声でちんぽちんぽ言うとる人は思い切りがちゃいますなあ。腹から声出とるわ。怒らんといて。あんたにとっては、いつものことやんか。はあ、おもろい、最高やな』

僕はただ黙って前を向いていた。真正面から受けとめても馬鹿を見るだけだ。盛田は無事なのだろうか。八重山のけたたましい笑い声の向こうに盛田の気配がないか、必死で耳を澄《す》ませる。

『なあ、拗ねんなや、お兄さん。お喋りしよか。お互い、どうせ暇やし』

空虚な声だ。悪意だけが伝わってくる。

『僕の作った呪具、どうやった？　すごいやろ？』

「よくできています」

それは認めざるをえない。

『嬉しいわ。木津家の御曹司《おんぞうし》に褒めてもらえるとは。昨日は、ほんまおおきに。眼球破裂さしてくれて。にしても僕のこと全く気付かんかった？　初対面の時、小手調べにあんたを呪ってたんやで。あんたもたまに使うやろ、呪いっちゅうか、言霊《ことだま》っちゅうか』

全く気付かなかった。

『はっはー！　こら参った。木津家の血か。しょーもない呪いは感知すらせんと、消し飛ばしよる。無敵やな。大抵の奴は言いなりになるっちゅうのに、自信なくなるわ。おう、なんとか言え。坊ちゃん』

八重山は呪いを馬鹿にして信じていないものと思っていた。あの時、もしも縄に触れていたら大変なことになっていたはずだが、演技だったということか。

『ええご身分やな。おおかた声聞いても僕のことなんか忘れとったやろ』

八重山のことは覚えていた。あれだけ侮辱されたのだから忘れられない。しかし、即座には思い出せなかった。

『金持ちの家に生まれて、いい学校出て、警察のお偉方にはペコペコされて、なんやかや言うて家族に守られて、人助けがお仕事か？　始めから何でも持っとるくせに、不幸でございって顔しおってからに、反吐《へど》が出る』

八重山は吐き捨てた。

『まあ、ええ。とにかく返してもらうわ。それは僕のもんや。苦労して遺留品の管理を任されるよう仕向けたのに、あのババア、ほんま余計なことしよる』

頃合いを見て偽物とすり替え、護符を回収する予定だったらしい。しかし総務部長の矢代が機転を利かせ、結界を施した金庫に護符を移したので、簡単には持ち出せなくなったのだと八重山は苦々しげに言った。

「これを使って何をするつもりなんですか？」

『なんもせえへん。しいて言うなら、金儲け。パチモンばら撒くにしても、本物が手元に必要なんよ。あの鉄砲玉に貸し出したんは販促のためのデモンストレーションやな』

その販促のために十人以上が死んだ。

『刑事なんぞ割に合わん。金が入ったら高飛びさしてもらいますわ』

八重山はそう言って高笑いする。これだけ上機嫌ならば、とりあえず喋らせてみるか。

「あの護符、本来は修験者を守るためのものですよね」

『お、ええねえ。会話のキャッチボール。せやな、親父がそっちの人間でな』

奇妙に掠れた笑い声を聞いてなんとなく悟った。あの護符に使われている男性の皮の持ち主は八重山の父親だ。候補者として名前が出なかったのは、遺族が行方不明者届を出していないからだ。

『クソ親父やったわ。まともな職にも就かんで、修行に行く言うて、何日間も子供をほったらかしにして』

困窮した父親が暴力団に協力して呪具を作成するようになるのも時間の問題だった。

『すぐにシャブでずぶずぶになった。元々自制心の足りひんクズやった。行者のくせに』

ヤクザが術者を飼い殺しにするために、覚せい剤を与えるのはよく使われる手だ。

「あの女性はお父さんの恋人ですか？」

少しだけ間があった。

『乞食《こじき》も同然の親父に、あの女は食い物施してたんや。あんな炊《た》き出し何になるん。相手はシャブ中やぞ？』

八重山は鼻で笑った。

『ま、頭の中お花畑のクソ女でも、自己犠牲の精神だけはあったみたいやな。あんなクズじじいにまんこ貸してやるくらいやし、材料としては申し分ない』

つまり肉体関係があった。番いということか。

『はあ、ほんま気い抜けるわ。刑事の息子が、親父のシャブ抜くために、危ない橋渡って金作ってやったのに、あのじじい、何て言うたと思う？　悪事に手を染めるな、やぞ。ちょっと寝ただけの女に感化されおって。寝言は寝て言え、シャブ中が』

どす黒い怨嗟《えんさ》に気圧《けお》された。

電車が止まる。指定された場所の最寄り駅だ。降りて歩き出す。都内とは思えない辺鄙《へんぴ》な場所で、少し歩くとすぐに田舎道になった。水田の間を抜けると鳥居が見えてきた。

肩が重くなる。ここはよくない場所だ。本来祭られているはずの神はすでに消え、代わりに別のものが巣食っている。八重山は彼らの力を借りて、僕を迎え撃つつもりらしい。

『まあでも、人のことは言えんけどな。そこからは僕もずぶずぶ。弱み握られて、あの女消すの手伝わされた。ああいう偽善者は邪魔なんやて。女庇おうとした親父も殺された。あの女と出会ってからヤクザには協力せん、とか言い出したらしいわ。アホや、ほんま』

賽銭箱《さいせんばこ》の前まで行くと、黒い影のような触手が無数に湧き出して、僕に絡んでくる。

『行者の死体は貴重やからな。皮膚だけはもらっておいたんよ。試しに護符を作ってみたら大当たり。それで親父があの女とデキてたって知ったわけや。おもろいやろ』

木津家の血の加護なしで、直に触れるそれは、まさに穢《けが》れの塊だった。ありとあらゆる負の感情が湧きだしてくる。飢餓感、怒り、絶望、自己嫌悪、後悔、その全てが心に染み込んで、僕の本来の心と結びつき、恐ろしい勢いで増殖する。

八重山のこと、どうして気付けなかったんだ。考えてみれば呪物を一番身近で扱っているのはあの人じゃないか。演技にすっかり騙された。

いや、違う。八重山は僕に対する敵意を隠さなかった。注意深く観察していれば気付いたはずだ。でもそうしなかった。八重山が怖かったからだ。無意識に彼について考えるのを避けた。八重山は僕が世の中に対して漠然と抱いている恐怖の権化《ごんげ》のような人だったからら。つまり、僕が臆病だったせいだ。

木津家の血に頼っても、頼らなくても、やっぱり僕は駄目なんだ。何の価値もない人間。盛田もきっと僕に失望している。死んでお詫びしたい。

死んでしまいたい。今すぐに。

死にたい、死にたい、死にたい、死にたい、死にたい、死にたい。

呪術の影響を受けているとわかっていても、甘美な死の誘惑が絶えず襲ってくる。目が霞み、身体がぐらつく。賽銭箱の上で揺れる鈴緒《すずのお》をぼんやりと見つめた。

少し太いがこれで首を吊るのもいいかもしれない。僕も天井からぶら下がって、こうして揺れるんだ。全部終わる。

「……っ」

咄嗟に強く頬の裏を噛んだ。血の味がする。

しっかりしろ。ここで、ぐらついたら台無しだ。僕には民衆を疫病と飢餓から救うために、自らの命と子孫を差し出した狂人の血が流れている。木津家の人間がやると決めたら、何を捨てても必ずやり遂げるのだと思い知らせてやれ。

『……お、着いたな』

扉を開けると埃《ほこり》が舞った。

古びた本殿の中で、盛田が腕を縛られて転がされていた。衣服の乱れはない。

「も、盛田さん！」

「木津さん……悪い」

盛田は申し訳なさそうに目を伏せた。見たところ大きな外傷はなさそうだ。

ほっとしたのも束《つか》の間、八重山が遮った。

「誰が喋っていいって言うた？」

隣に八重山が立っていて盛田に銃を突き付けている。八重山の左目には眼帯が当てられていた。八重山は僕を見てつまらなそうな顔をした。

「なんや、あんたも平気そうやなあ。ここ、ごっつう悪い気溜まってて、最高の場所や思て、あんたを歓迎するために準備して待っとったのに、つまらんのお」

平気なものか。震えそうになる脚に必死で力を込めた。努めて表情を消す。

「涼しい面しおって、気に入らん。盛田もいまいちわかっとらんみたいやし……まあ、こいつは図体でかくて頑丈が取柄みたいなもんやからな。鈍感なのかもしらんな」

盛田は怪訝な顔をして僕と八重山を見たが、僕は気付かないふりをした。

「まあ、ええわ。約束は守ったみたいやな。この中に入ってどこも燃えへんちゅうことは、ちゃんと丸腰で来たんか。感心感心」

人皮の護符以外に何か呪具を持っていれば焼け落ちる結界でも張ったに違いない。

盛田のそばには縮れた黒い紐《ひも》状のものが付いた大きな翡翠の勾玉が落ちている。今朝僕が盛田に渡した護身用の呪具だ。麻縄の部分は燃えて消し炭になったのだろう。

優希の髪の毛を燃やすとは。

僕がちらりと床を見ると八重山は勝ち誇ったように言う。

「ああ、狐憑きの嬢ちゃんの髪な、保管庫に張った結界と同じもんやろ。本庁ではろくな準備もできひんさかい往生したけど、ここの力を借りれば軽いもんや。案外大したことないな。にしても、あんたこれ使うの好っきやなあ。馬鹿の一つ覚えか？」

八重山は盛田に向けたままの黒光りする銃口をふらふらさせながら笑う。無造作に扱われる鉄の塊、撃鉄《げきてつ》の音がわずかに聞こえて膝が震えた。思わずスマートフォンが耳から離れそうになる。

「おっと、やめとき。こいつ殺すで」

慌てて耳にスマートフォンを押し付けた。

「おうおう、びびりまくっとるやんけ。しっかりせえ。それより、手ぶらやな。ちゃんと持ってきたんか？」

「ご、護符はここにあります」

自分でも心配になるほど声が震えている。八重山は馬鹿にしたように鼻を鳴らすと、盛田に銃を向けたまま落ち着いた仕草でスマートフォンをポケットにしまった。

「僕が着ている上着の中です」

だが、次の言葉で八重山の顔から余裕が消えた。

「わかりますよね？　僕は護符の力で守られています」

八重山は苦々しげに舌打ちした。やはりそうだ。この呪符はただ持っているだけでは力を発揮しない。持ち主の衣服の中に仕込んで初めて役目を果たす。

「……ほんま、腹立つわ。この短時間でそこまで調べたんか」

「暴力団員の男性がしていた通りにしただけです」

新興呪術はわずかに手順が狂っただけでも効力を発しなくなることがある。できるだけ忠実に再現するのが基本だ。

「持ってるだけで無敵になれると勘違いしてくれれば儲けもんやと思てたんやけどな、そう甘くはないわな。はは、どうりで涼しい顔しとるわけや。だから電話しながら、この神社に入っても平然としとったんやな」

電話で話す事によって木津家の力が消えている僕は丸腰だ。それならば、この神社の穢れをまともに食らってダメージを受けるはずなのに、おかしいと思っていた、と八重山は独り言《ご》ちる。

「銃で撃っても僕は殺せません。嘘だと思うなら試してみたらいい」

八重山はしばらく僕をじっと見ていた。僕も八重山を睨みつける。

「ふん、ええやろ」

八重山は忌々《いまいま》しげにため息を吐いた。護符の威力は八重山が一番よく知っている。護符に守られた人間に弾は当たらない。下手をすれば銃が暴発して怪我をするのは八重山の方だとわかっているのだろう。

「けど、絶対に電話は切んなや。切ったら盛田を撃つで」

「まずは盛田さんの縄を解いてください。僕の上着は盛田さんと引き換えです」

「木津さん……!?　何言ってんだ、あんた！　そんな事したら……っ」

「うるさいで」

盛田は目を剝いて叫ぶが、八重山は銃口で盛田の頭を小突いて黙らせる。八重山が縄を解くと盛田は立ち上がった。八重山を凄まじい目つきで睨んでいる。

盛田は八重山に飛び掛かるタイミングを探しているようだが、銃を向けられたままでは動けない。大きな背中が怒りのせいで、さらに膨らんで見える。

「クソ野郎……っ」

「はは、えらい図体でかい姫さんや。助けが来たで。王子様に感謝しい」

八重山は凄む盛田を鼻で笑った。だが、これでひとまず安心だ。とにかく盛田は無事だった。怪我もなさそうだ。怒りが収まらない様子の盛田を背に庇う。

「次は坊ちゃんの番やな」

銃口を向けられながら大人しく上着を脱ぎ、八重山に手渡した。その瞬間に限界が来た。どっと床に膝を突く。受け取った八重山はにやりと笑って、僕の上着を羽織《はお》った。

「へえ、今まで立ってられたのは護符のおかげっちゅうことか。貴重なデータや。おおきに」

八重山は笑い出す。

「あんた、お人好しの世間知らずにもほどがあるわ。自分から切り札渡してもうて。仕事で付き合いあるだけの刑事なんぞ見捨てて逃げれば長生きできたやろ。こんな、むさ苦しい大男を助けるためになあ、律義なもんや」

八重山は盛田を見て言う。それから楽しそうに言い足した。

「あ、そういや、あんたホモやったな。なんや？　こういうのが好みなん？」

八重山は上機嫌だった。盛田は殺意の籠もった目で八重山を睨みつける。

「残念やな。せっかくいいとこ見せても無駄やで」

八重山が銃を構え直す。

「顔見られて、洗いざらい喋って、あんたら生かして帰すわけないやんか。あの有名な呪われし一族の死体か。さぞかしすごい呪具になるやろな。安心せえ、皮膚どころかケツの毛まで綺麗に使ったるわ」

盛田がそれを聞いて動き出すが、すぐに八重山に勘付かれて銃を向けられた。

「おおっと、怖いなあ。大人しゅうしとれ。先に死にたいんか」

そこで八重山は何かに気が付いたようだ。

「お？　ははは、そうか」

けたたましく笑いだす。

「こら、ええわ。知らんかった！　なんや盛田、お前もソッチの気があるんかい。お前らも『番い』か。雄同士やけど、試してみる価値はあるな」

八重山が満面の笑みを浮かべた。

「仲良う死ね」

「木津さん！」

銃声と共に、大きな身体が僕に覆い被さってきた。厚みのある重い筋肉、盛田だ。一緒に倒れ込む。

「いっ……!?」

悲鳴が聞こえた。見ると、盛田ではなく八重山が呻き声を上げ、手首を押さえていた。指があり得ない方向に曲がり、銃は床に転がっている。銃が暴発したのだ。盛田は無傷だった。

盛田も一瞬何が起きたのかわからず混乱したようだが、彼の反応は早かった。すぐさま銃を蹴り飛ばす。しかし、八重山も術者だ。備えをしていないわけがない。八重山の影から無数の触手が伸びて盛田に向かう。

「うわっ」

だがその時スマートフォンはすでに僕の手を離れている。身体から青い鬼火が噴き出し、力が漲ってきた。怒りに任せて八重山に飛び掛かかり、押さえ付ける。

「が……ぁっ！」

悲鳴と共に触手は消え失せ、八重山は気絶した。八重山の左目の眼帯から血が流れ出す。

盛田はポケットから手錠を取り出し、八重山に掛けた。


その後、古びた神社をパトカーが埋め尽くし、八重山は無事に護送された。

僕と盛田は事情聴取を受ける羽目になったが、比較的短時間で解放された。矢代が裏で手を回してくれたようだ。だが、盛田は僕の言いつけを破った件について、後日、矢代にこってり絞られる予定らしい。

「大変でしたねえ！　無事でよかったです」

橋田が僕達を車で迎えにきてくれた。

「敦子さん、怒ってましたよ。だから言わんこっちゃない！　って」

これは帰ったら僕も大目玉を喰らいそうだ。

敦子の話では、八重山には呪術的な意味でも厳重な警備が付けられたらしい。以前では考えられなかったことだという。敦子の知り合いが依頼を受けたそうだ。

「矢代さんは本当によく頑張ってるよ」

敦子はしみじみと呟いた。

「それに比べて恵信、お前は！　全く！　矢代さんの用心深さを見習いな！　力に胡坐《あぐら》をかいてるからこうなるんだ！」

返す言葉もない。

盛田と二人きりになれたのは夜になってからだった。

昨夜のように二人でソファーに並んで座る。昨夜と違うのは、ぴったりと身体を寄せ合っているところだ。今は真夏なので少々暑いが、離れる気はない。盛田の逞しい肩に頬を寄せ、ぎゅっと手を握る。盛田が無事で本当によかった。

「悪かった」

盛田が謝るのは何度目だろう。

「危ない事は駄目だとか、電話取るなとか言っておいて、俺があんたを危険に晒してりゃ世話ねえよな」

「いいえ！　僕があらかじめ警告できればよかったんですけど」

八重山と僕は直接会っている。気付いて然《しか》るべきだったが、気付けなかった。あの演技に完全に騙された。

「いや、俺のせいだ。昔の先輩とはいえ、もっと警戒すべきだったよ。桜田濠で俺を襲ったのは目玉を媒体にした呪いだって聞いてたんだから、眼帯を怪しんでもよかったのによ」

八重山に人皮の護符の男性の身元に関する情報を手に入れたと言われたらしい。古い馴染みからの情報であり、人気のない所でなければ話せない。情報源と引き合わせるから、と言い含められ、あの場所に連れ出された。そして、すぐに銃で脅されたそうだ。

「それにしても、八重山さんがなあ……あの人、俺がまだ組対にいた頃に関西の方から異動になってこっち来たんだよ。そうそうある事じゃねえし、普通は多少ぎくしゃくするもんだけど、今考えれば不自然なくらいにすぐ馴染んでた気がするな」

出会い頭に僕を呪うほどだ。八重山は暴力団との仕事だけでなく、普段から息をするように呪術を駆使していた可能性がある。

今までは暴力団と手を組んで呪術を使い、刑事の立場を利用して上手く立ち回っていたらしいが、呪術の認知度が上がり、警視庁にも呪術対策のための部署が設置され、そろそろ潮時だと考えたそうだ。あの護符で大金をせしめた後は刑事を辞めるつもりだったという。

「聞いたら、木津さんが作ってくれたお守り、橋田さんが受付に預けてくれたのに、八重山さんが上手い事言って俺に届かないように仕組んでたみたいだな」

呪物であるから、短時間といえども無造作に受付に置いておくのはまずい。盛田に渡すまでの間は自分が預かる、と言われ、受付の職員は信じたそうだ。疑う理由はない。

「思い出してみりゃ、八重山さんは木津さんが本庁に来るのを嫌がってた。俺があの人皮の護符を持ち出すように、上手く誘導されたのかもしれねえ」

盛田は悔しそうに項垂れるが、素人が八重山に対抗するのは、ほとんど不可能だろう。

なんせ他愛のない会話をしながら、気付かれずに相手を呪うことができる男だ。

「しかし、すごい偶然だな。突然銃が暴発するなんて。死んだかと思ったが、ラッキーだったよ。助かったぜ。にしても、あの人皮の護符には、やっぱり効果なんてないんじゃないのか？　八重山さんは護符に守られてたはずなのに、結局怪我して捕まっちまったぞ」

盛田は椅子に掛けられた僕の上着の方に視線を送る。だが、居心地悪そうに目を泳がせて頬を掻いている僕を見て眉を上げた。

「……え、なんだよ？」

やはり言わねばなるまい。僕は隠し事が下手だ。

「いいえ、あの護符は本物です。効果は抜群ですよ」

「どういうことだ？」

結論から言えば僕の上着には何も仕込まれていなかった。僕が人皮の護符を仕込んだのは盛田の上着だ。今朝、盛田が起きる前にこっそりと縫い付けたのだ。

だから、僕を庇おうと飛び出してきた盛田に向けて撃たれた銃は暴発した。瘴気《しょうき》の立ち込める神社の中で盛田が影響を受けずにいられたのは、彼が鈍感だからではない。護符の力だ。

「はあ!?　う、嘘だろ、いつの間に……」

「本当です。盛田さん……っ……盛田さんが暑くて上着脱いでたらどうしよう、八重山さんに無理やり脱がされてたらどうしようって心配してたんですけど……あ、いや、そういうことを心配していたわけではないんですが、でも盛田さんはとても魅力的だから、いつ何があってもおかしくないし」

もごもごと言い訳する。

「と、とにかく、ちゃんと着ててくれて安心しました……盛田さんっ……」

正直言ってそこは賭けだった。だが、信じて助けに向かうしかなかった。

「ちょ、ちょっと待てよ」

盛田は慌てて自分の上着を検分し始めた。やがて不自然に厚みを帯びた部分を発見し、顔を引き攣らせた。

「……っんだこれ、気付かなかった。それなのに朝何食わぬ顔で、別に作ったお守り渡してきたってのか。エプロン付けて可愛い顔でよ。正直俺は『このお守りを僕だと思って』みたいなやつかと思ったぞ。だから暑くても上着は脱がないようにして……」

ショックを受けたのか、盛田が呻く。慌てて言い募る。

「盛田さんが上着を脱ぎませんように、と念じながら内ポケットに入れたんですよ。そう間違ってないです。わずかな重みの違いで上着に何か仕込まれたと勘付かれたら困るので、カモフラージュを兼ねて、わざと少し重たいものを作りました。勾玉はただの飾りです」

「なんなんだよ、その無駄な周到さは……」

盛田は開いた口が塞がらないようだ。

「だって、盛田さんが心配で……」

人皮の護符は強力だ。盛田を守るのにこれ以上適したものはない。持ち主を守るためなら弾道すら捻《ね》じ曲げるのだ。しかも、呪術の気配は非常に希薄であり、相当な使い手でも感知は難しい。重要な証拠品ではあるが、すでにＤＮＡも採取済みである。また、それ単体では人に危害を及ぼすものではないので、万が一紛失したとしても、盛田を守るためならば諦めもつく。

「盛田さんが僕の目の届かない場所で危険な目に遭うなんて耐えられませんでした」

しかし、被害者のご遺体の一部であり、重要な証拠品を、盛田を守るためだけに使用すると知ったら、真面目な盛田は怒るに違いない。

「だから黙ってたって言うのか」

盛田は頭を抱えている。

「知ってる人は少なければ少ないほどいい、というのもありました」

盛田自身に護符のことを伝えなかったのは、盛田の信用する人物が犯人である可能性を捨てきれなかったからだ。僕は矢代すら除外はできないと思っていた。

「いつ盛田さんの上着を奪おうとする不届き者が現れないとも限りませんし。盛田さんっ……ですが今は非常事態だと思いましたので、盛田さんの身を護れるメリットを優先させました。事が済んだら、こっそりと回収する予定でした。騙してすみません」

だから八重山から電話を受けた時は正直言って面食らった。

「一体何を言ってるんだ、こいつは？　と思いましたね」

すでに盛田を確保しているのなら、護符は盛田の上着の中にあるのだし、わざわざ僕を脅迫《きょうはく》して持ってこさせる必要はない。

「つまり、八重山さんは製作者であるにもかかわらず、あの護符の気配を感じ取れないんだとわかりました。八重山さんは、呪術的な力を察知する能力はさほど高くないんだと思います。呪術の扱いや知識はたいしたものですが、このあたりは持って生まれた資質に左右されますからね」

僕に呪具の類を捨てさせ、結界まで張ったのも、自らの欠点を補《おぎな》うためだろう。

八重山には僕に持ってこさせる以外に、人皮の護符の所在を知る術がなかったのだ。だが、もしも盛田が持っているとばれたら、盛田はすぐに殺される。

「だから、咄嗟に護符は僕の上着に仕込んだ、ということにしたんです」

僕は嘘が下手なので冷や冷やしたが、八重山は上手く信じ込んでくれた。

「ということは、本当の本当に、木津さんは何の武器も持たずに……」

「はあ、まあ、そうです」

あの神社で僕は正真正銘《しょうしんしょうめい》の丸腰だったわけで、八重山の目論《もくろ》み通り、穢れの影響をもろに喰らっていたわけだが、意地で耐え抜いた。いざという時に頼りになるのは呪術ではない。生身の頑強《がんきょう》さだとあらためて思う。

「正直言って呪いのせいで、希死念慮《きしねんりょ》と自己嫌悪が酷くて心が折れそうで辛かったんですが、なんとか踏ん張りました。鍛えておいてよかったです」

「鍛えてなんとかなるもんなのか!?」

「僕が耐え切って、どうにかして盛田さんを解放させれば、あとは力尽くで行けるかな、と。盛田さんは最強の護符に守られているし、よほどのことがない限り大丈夫でしょう」

盛田は唖然としている。

「え……じゃ、待てよ……あれ、全部、口から出まかせだったってこと、かよ？」

「そ、そうなりますね。嘘吐いて本当にすみません」

「っていうか……そんなことよか」

盛田は虚空を見つめ、唇を震わせた。

「……っ馬鹿野郎！」

怒鳴られた。襟首《えりくび》を摑まれて揺すられる。

「護符を持ってる俺を助けようとするより自分を心配しろ！　俺が間に合わなかったら木津さんは撃たれて死んでたかもしれねえ！　し、しかも、お、おま……自分を撃ってみろとかよく言えたな!?　本当に撃たれたら、どうするつもりだったんだ！　おい！　コラ！」

　それについては何も反論できない。

「す、すみませんでした！　盛田さんの安全のことしか頭になくて……それに、盛田さんは八重山さんに手荒な真似はされなかったんじゃないですか？　取っ組み合いになる間もなく、銃で脅されて……」

「そうだが、それがどうした？」

　盛田の屈強な体躯《たいく》をしげしげと眺める。僕にとっては非常に魅力的な身体だ。見ているだけで、生唾が込み上げてくる。そして、同時にものすごく強そうだ。僕が八重山ならば剣道と柔道の有段者でもある盛田とやり合うのは避けたい。

　盛田は騙されてはいたが、自ら進んであの場所へ行った。そして、銃で脅されてはいたが、盛田自身の意志で銃を捨てさせられ、腕を差し出し、縛られた。

「その状況なら、たぶん護符の力は発動しないから、です」

　盛田は直接危害を加えられたわけではない。

「ですが、戦闘になったら八重山さんも盛田さんの上着に護符が仕込まれていると気付くでしょう。そして盛田さんは護符のことを知らない。上着を脱がされたら終わりだ。つまり、護符があっても、絶対に安全というわけじゃないってことです。一刻も早くあなたを助けたかった」

　現に数人がかりで押さえ込まれ、体中を刃物で刺されたあのヤクザは病院で死んだ。

「じゃあ、撃たれても俺が死なないかどうか確信はなかったってことか？」

「いいえ、それについては万全です」

　もちろん入念に確かめてある。いざという時に盛田を護る切り札にしようというのだから当然だ。盛田が眠っている間に、護符を身に着けた状態で自分を何度も撃ってみたのだ。

「至近距離から自分を撃っても僕は怪我しませんでした」

　暴力団関係者の依頼を受けた時に報酬として手に入れたサイレンサー付きの銃だ。なぜか弾道がずれて絶対に僕の身体には当たらなかった。

　笑って得意げに言いながら気が付いた。盛田が真っ青になっている。

「木津さん、自分を撃ったのか!?　しかも実験のために？　あ、頭おかしいのかよ……そ、そんな、しれっと言うようなことじゃねえだろ。あんた、マジで何考えてんだ！　つか、なんで、まず銃だ!?　そういや、なんで使い方知ってるんだよ!?　いや、それは後でいい……もっとマイルドなのからにすればよかっただろ！」

「盛田さんが読んでくれた報告書に銃弾は当たらなかったって書いてあったじゃないですか……だからですけど」

　そして、なぜか刃物は刺さっている。その場では致命傷にはならなかったようだが、暴力団員の彼を殺したのは刃物だった。上着を脱いだ途端に傷口が開いたのだろう。

なぜ刃物は刺さって、銃弾は避けられるのか、このあたりの理屈は僕にもわからない。新興呪術にはこういった不合理さが付きものだ。実例を参考にするしかない。

「それに、どうせ矢代さんに頼まれた実証実験で同じことをする予定だったんですよ」

「いやいや、絶対矢代さんは木津さんが自分を銃で撃つとか想定してねえぞ!?」

「あ、銃刀法違反ですよね。丁度あったので使っただけで、悪用はしてません。本当です!」

まずい、盛田は刑事だった。慌てて付け足す。

「違う、そうじゃねえ……何から何までそうじゃねえ!」

盛田は怒鳴った後、大きくため息を吐いて項垂れた。それからソファーの背にぐったりと身体を預け、そのまま黙っている。怒らせてしまったようだ。

やがて盛田は首を振りながら話し始めた。

「すっかり騙されたぜ。なんとなく木津さんは嘘が吐けないいんだと思い込んでた」

盛田は呆れたように苦笑する。

「普段は家に籠もってる学者さんのくせに、すげえ鍛えてるわ、怯えた演技で平然とはったりかまして駆け引きするわ、銃は持ってるわ、カジュアルに自分を撃ってみたりするわ、とんだ食わせ物だな。まいったよ。あんた、大嘘吐きなんじゃねえか。童貞だったたってのも嘘なんじゃねえの？」

盛田に胡散臭そうな目を向けられて、今度は僕の方が青くなる。素行の悪い男だと思われて、ふられるのは嫌だ。昨日気持ちが通じ合ったばかりだというのに。

「う、嘘は吐けないですよ！　必死だっただけです。知ってるでしょ？」

盛田さん、と呟く。

「それから演技じゃない。本当に怖かったんだ」

声が震えた。盛田を今度こそ永遠に失うかと思った。僕を庇うために盛田が飛び出してきた時は心臓が止まりそうになった。護符の力は確かめてあるが、愛する人に銃を向けられて平静ではいられない。

「もう二度と……僕なんかを庇ったりしないでください」

目を潤ませて俯く僕を見て、盛田はようやく溜飲《りゅういん》を下げたようだ。笑ってうそぶく。

「嫌だね」

「ちょっと！」

「庇うぜ、何度でもな。だから、もう二度と自分の身体をわざと危険に晒すような真似はするな。それから、あらためて礼を言わせてくれ。助けてくれて、ありがとな」

そっと涙を拭われた。

「だけど、いい加減わかってくれよ。俺だってなあ、わからず屋じゃねえんだ。俺は木津さんを信じてるから、木津さんも俺を信じてくれ。俺の目が曇ってる時はちゃんと教えてくれ」

盛田は悲しげに一瞬目を伏せた。盛田は僕が彼に身近な人間を疑えと言えなかった理由に気付いているのだ。

盛田はもう一度、じっと僕を見つめて続けた。

「こういう時はまず相談しろ。そりゃ、反論はするかもしれねえが、頭ごなしに叱ったりしねえから。これからは秘密はなしだぞ。いいな？」

「はい」

もう二度と盛田に嘘は吐くまい。

「そういや、新たな発見があったな。声が届く距離でも形だけ電話してりゃ、あんたいつでも普通に喋れるんじゃねえか」

「そうですね。家の中で盛田さんと話す時もそうした方がいいですか？」

「いや、いらねえよ。前にも言っただろ、俺は木津さんの呪い、別に嫌いじゃねえって。そのまま俺の名前を言い続けてろよ」

盛田は耳まで真っ赤になっている。無精髭の生えた口を少し尖らせて盛田は言った。

「……け、けど、俺以外のやつの名前言ったら殺すぞ」

身体が燃えるように熱くなる。嬉しい。

「盛田さん、盛田さん、盛田さん！　僕、一生、呪いが解けなくてもいいです！」

　こんな風に思える日が来るとは夢にも思わなかった。盛田の逞しい首に抱き着いて匂いを吸い込む。

「盛田さん……僕、幸せです」

「あー、そうかい……畜生、正直言って俺にはきついぜ」

　ぎゅうぎゅう抱き着かれながら、盛田は僕の頭をぽんぽんと叩く。

「心の中が剝き出しってことはよ、木津さんがちょっとでも浮気したら、すぐわかっちまうってことだろ。そんなことになったら、どうすりゃいいんだ、俺は」

　情けない声で盛田がぼやく。

　そんなことはありえない。だが、僕が何を言っても無意味だろう。それより、盛田が僕の気持ちが他に向くことを心配して不安に思ってくれるなんて。

　こんな僕の心を惜しんでくれる人が現れるなんて。

「……盛田さん、嬉しいです」

「ああ？」

　盛田が眉根を寄せて僕を睨む。

「大好きです」

　思い返せば最初から盛田は僕の心を気にかけてくれていた。扉の壊れた、醜い部分が剝き出しの心を、蹴られても殴られても当然のものだとは思わずに、他の全ての人の心と同じように、尊重すべき価値のあるものとして扱ってくれた。

泣きながら笑う僕を見て、盛田は表情を和らげる。

「俺もだよ」

その時、盛田が僕の股間に気付いた。

「……すみません、勃起してしまいました」

「言わなくていいからな！」

「も、盛田さん……あの」

視線で強請る。欲しくて堪らない。お願いだから頷いてほしい。

「いやいやいや、待てって。風呂入ってねえし」

盛田はぎょっとした顔で身を引き、首を振る。

「あ、汗臭せえだろ？」

「そんな、僕、盛田さんの匂い大好きです。ああ、髭が昨日より伸びてる……素敵だ」

思わず息が荒くなった。盛田の首筋に顔を押し付けて吸い込む。

「こういう時だけ正直なの、やめろ！　うわっ、鼻息がすげえ！　く、くすぐって……ひははっ……ちょっと」

「僕はいつでも正直ですよ……あ、すご……盛田さん……もう、ちんこ痛い……盛田さん」

　とろんとした目で盛田を見つめる。

「だから正直過ぎ……コラ、待て」

　盛田は僕を押しのけるが、その力は弱かった。盛田の首筋は赤い。彼は嫌がっていない。

「……わかったよ！　とにかくこれ脱いじまうから。大事な証拠品だしな。汚せねえだろ」

　盛田は護符の縫い込まれた上着を脱ぎ捨てた。


　ワイシャツ姿の盛田が僕のベッドの上で仰向けに寝そべっている。きつそうな胸元から目が離せない。盛田は舐めまわすような視線に気が付いて笑った。悪い顔だ。

「何見てんだよ」

　ぐいと腕を引かれた。盛田に覆い被さる格好になる。すぐそばに盛田の顔がある。

「ん、ん……ん」

　盛田の熱い舌が僕の口の中を押す。勃起した互いのものが衣服越しにごりごりと擦れている。盛田は熱っぽい眼差しで僕を見上げた。その目に操られるようにして服を脱がし合う。

　盛田が僕のブリーフを引いた時、僕の勃起した陰茎がゴムに引っかかり、ぶるんっと揺れた。盛田は赤くなって目を逸らす。そんな風に反応されると、余計に昂ぶってしまう。

夢中で盛田の胸に顔を埋め、喰いついた。つんと尖って震えている乳首に。

「あっ……はあ」

だが、盛田が眉根を寄せて喘ぐのを見て、愛撫《あいぶ》の仕方を変える。削り取らんばかりに舐めまわすのではなく、唾液を纏《まと》わせ、舌先でぬるぬると撫でる。昨日から散々に虐めているので、ひりつくのかもしれない。

「あ、……く」

吐息が甘くなった。盛田が頭を撫でてくれる。どうやら僕の判断は正しかったらしい。

盛田がもじもじと尻を蠢かしている。マットレスとの間に手を入れて、重量感のある尻肉に手が潰される感触を味わった。柔らかく包み込まれてうっとりする。両手で尻たぶを揺すり上げるようにして揉みしだいた。

「あっ……は……んっ」

だが、盛田は心地よさそうに鳴きながらも、僕の手から逃れようとする。指が深い谷間に分け入ろうとする度に、殿筋が硬く緊張して僕を拒む。一体どうしたのだろう。昨日は自ら脚を開いて僕を招き入れてくれたのに、今日の盛田の方が処女のようだ。

「ね、……緩めてください……後ろ触らせて」

盛田の腹筋に、硬く立ち上がった幹に、ちゅ、ちゅ、と軽い口付けを落としながら、懇願した。すると、盛田はぷいとそっぽを向いてしまった。

「昨日、木津さん……んっ……嘘言ったろ」

「え？」

今日はたくさんの嘘を吐いたが、昨日は嘘を吐いた覚えはない。

「元に戻るって……言っただろうが」

「……ま、まさか、お尻が切れましたか⁉　すみません！　本当に申し訳ない！」

慌てて起き上がる。なんて事だ。細心の注意を払ったはずなのに。いや、最後は僕も盛田も互いの身体を貪ることに夢中だった。乱暴になっていたかもしれない。

「違う！　それは大丈夫だ。直後は不安になるくらい開いてたけど、ちゃんと閉じたしな。怪我もしてねえし、痛みもねえ……けど……っ」

盛田は横向きになると筋肉でできた太い腿をぎゅっと閉じ、恥ずかしそうに顔を大きな手で覆った。真っ赤になって、固く目を瞑っている。だが覚悟を決めたようにおずおずと動き出した。鍛え上げられた巨体がもぞもぞと蹲《うずくま》り、大きな尻を僕に向けて膝を突き、四つん這いになる。盛田は両手で尻肉を持ち上げ、自ら割り開いた。

思わず咽喉が鳴った。

きゅっと閉じた菊門が眼前に晒される。一見すると慎ましやかに見えるそこは、よく見ると、激しくひくついて、大きく口を開けて強請ってしまうのを必死で我慢しているようで、快楽への期待と恥じらいの狭間で身悶えしていた。盛田自身のように。

「傷は、付いてねえっ……だろ？」

盛田の息も荒い。

「え、ええ」

そっと尻に手を置いて顔を近付けた。吸い寄せられる。

「あっ！　……ちょ、待て、まだ、は、話終わってね……」

「ん……っ」

無視して無防備に晒されたそこを舐めまわす。思った通り、そこは尖らせた舌先でほんの少し押しただけで、だらしなく緩んだ。わずかな刺激も逃がすまいとしゃぶりつき、浅ましく吸い付いてくる。たった一晩ですっかり淫乱に育ったものだ。

「あっ……はあ……んっ！」

「……す、すみません……ん……あまりにも美味しそうで、我慢……できなくて」

「お、おいし……っ!?　き、汚ねえだろうが！　あ、吸うな、ひっ……あ」

「大丈夫ですよ。昨日終わった後も式神使って綺麗にしましたし」

何度も中に出したので、その後始末を兼ねて。少なくとも今、直腸は綺麗なものだ。

「あ……で、でも……そんな、あ……そうだよ、蛇！　蛇は!?」

「すみません、僕の精液がなくて」

「昨日……あっ……あんなに出したじゃねえか！　ティッシュとか残ってねえの？」

「うっかり片付けちゃったんです。その、うちは女の子がいるので……」

　優希が部屋に入ってきた時のために、すぐに片付けてしまった。優希には散々揶揄われているが、それでも配慮しなくていいということにはならない。こんなに早くもう一度盛田を抱けるとは思っていなかったというのもある。

「そうか……な、なら仕方ねえか」

　優希を持ち出すと、盛田も情けない顔になる。

「それより……ん……話の続きです」

　快感のため、ろくに抵抗できないのか、盛田は力なく尻を振るだけだ。脚の間で触れられないままの盛田の陰茎は腫れ上がり、揺れて滴を零している。

「舌、やめ……あっあっ……く！」

「そんなに……気持ちいいですか？」

　舌で浅く抉るだけでこれでは本番はどうなるのか。頭が沸騰しそうだ。

「だから、それだよ……んっ」

　盛田はついに尻に添えていた手を離し、尻だけを僕に捧げて枕に頬を付け、突っ伏してしまった。何度見ても素晴らしい眺めだ。大きな丸い尻と引き締まった腰、赤くなった項と背中が僕の股間を直撃する。

「今日、朝、木津さんと目が合った時も……んっ、やばかった……あっ」

一体何がまずかったのだろう。今朝の盛田は普通に見えたが。

舌を深く差し入れ中を広げるように動かすと盛田が言葉を途切れさせる。

「尻の奥、が変な感じ……つうか……う……はっ……も、こら、待て……あ」

盛田の尻肉を左右に広げてさらに舌を奥へ進める。盛田を虐めたいわけではないのだが、柔らかな肉の沼に唆されて止まらない。盛田のそこは全て呑み込んでしまおうと、なりふり構わず蠢いている。恥知らずで、愛らしい。

「出勤した後は……ん……大丈夫で……ほっと……してたのに」

盛田が振り返り、潤んだ目で僕を睨む。

「神社でも平気だった。けど、落ち着いたら……また……っ……くそ、なんでだ……あっ」

触れるか触れないかのタッチでゆっくりと盛田の陰茎を擦り上げる。盛田は僕を睨むのをやめてびくんと身体を反らせた。

「その後も、……真面目な……話してる間も……ん、ずっと……ちくしょう……木津さんの顔見てるだけで……」

盛田はまた枕に突っ伏した。

「木津さん……といると……ケツに……チンコ……っ……あ、あ、あ……い、入れられてた時の感覚が……ひっ……んあ、もう、駄目だ、あ、あ、ずっと……我慢してたんだ……」

僕が思わず動きを止めて、唇を離すと、開き切ったそこは空気を呑みながら喘いだ。

あまりのことに呆然とした。

盛田は僕と顔を合わせるたびに、身体の奥を疼かせていたということか。僕を受け入れ、何度も達し、二度と忘れられないほど、すっかり覚え込まされて。

「こんなのっ……どうすりゃいい？　……木津さんとのセックスのことばっか考えちまう」

盛田は啜り泣いた。持ち主の悲嘆とは裏腹に、盛田の肛門は餌《えさ》を強請る雛《ひな》のように、無邪気に求めている。盛田はまた自らの手で尻を割り開いた。

「なあ……も、入れて……くれ、頼む……辛いんだ……あ！　ふ……っう」

ぱくぱくと開閉するそこに潤滑剤をたっぷり垂らし、少々荒い手付きで急いで馴染ませた。信じられないくらいに柔らかい。息が荒くなる。青い鬼火が噴き出して、あたりの景色がゆらゆら揺れた。張り詰めた陰茎が痛い。僕だってもう待てない。

「俺のケツに……種付け……してく……れっ……」

盛田の腰を後ろから摑んで、一気に奥まで突き入れた。

「……っっ!!」

盛田は吠えるように口を大きく開くが、声は出ていない。下半身をがくがくと痙攣させながら、悲鳴の代わりに、たらたらと精液を零した。

「盛田さんっ……盛田さんっ……盛田さっ……！」

盛田の中は激しくうねって、僕を締め上げては媚《こ》びるように緩むのを繰り返している。

「……んっ!?　……ひっ……は、あ、んあっ、あっあっあっ！」

強く腰を打ち付けると、そのショックで盛田は声を出すようになった。しかし、盛田は下半身を硬直させ、されるがままだ。体中を火照らせて、蹲り、固く手を握りしめている。僕の動きを受けとめるだけで精一杯といった様子だ。もう少し動きを緩やかにしてやるべきなのはわかっていたが、腰が止められない。気持ちがよい。

盛田の身体のどこもかしこも、過ぎる快楽に怯えて縮こまっているが、僕を受け入れている場所だけは屈託なく口を開け、喜びに悶え狂っている。

「ん……く……あ……あ……」

盛田の声が小さく、切なげなものに変化していく。

もう少し。

あともう少しで、盛田の硬い殻は溶けて割れる。中はすでにとろとろだ。

盛田の腰を抱きしめ、筋肉でできた広い背中に唇を押し当てる。

「盛田さん、好きです……大好き…………好きだっ……盛田さんっ」

欲望のままに突き荒らし、盛田の身体の中で最も素直な場所を責め立てた。

「はあ……っ」

「盛田さん……っ」

僕を受け入れてほしい。僕を受け入れる自分を受け入れてほしい。

「……あっ」

盛田の口から柔らかな吐息が漏れた。それを合図に盛田の中から何かが堰《せき》を切って溢れ出す。硬かった盛田の背中が緩み、腰がゆっくりと動き始める。誘うように左右に揺れて、僕を唆し、貪っている。

「ふ……は……あっ……すげ、いいっ……ああ……こづ、さん……あっ」

盛田は甘えた声で僕を呼び始めた。解れた身体はいとも簡単に僕の侵入を許してしまう。それをいいことに、ずちゅずちゅと音を立てて抜き差しする。

「い、……あ、う……ん……ん……んっ！　……んっ！……あ、……っ！」

鼻にかかった声で仔犬《こいぬ》のように鳴きながら、盛田は身体を震わせて何度も達した。その度に、直腸がぎゅっと狭まり、それと反比例するように盛田の体幹からは力が抜けていく。なす術もなく上から犯されながら、ぐったりと、ほとんどうつ伏せに寝そべっている状態だ。

「ひあ!?　……っ……んっ」

閉じそうになる盛田の脚の間に膝を入れ、ぐっと大きく開かせる。驚いたのか、僕を受け入れている場所が慄く。だが構わずに腰を打ち付けた。巨体がベッドの上でバウンドしそうなほど強く叩き込まれて盛田は目を白黒させている。

「ま……て……あっ⁉　ぐ……は……ひっ！」

快感を受け入れ、すっかり解れていた盛田の身体が、今までとは比べ物にならないほどの高みに無理やり押し上げられる予感で、再び強張っていく。

「も、出そう……です！」

「あっ、あっ、あっ、あっ……っっ……っっ‼」

「い……っ」

「……っ！」

根元まで突き入れて奥に出すと、盛田の身体ががくがくと痙攣した。

「ん……ふ……」

腸壁に精液を塗りこめるようにねっとりと腰を蠢かす。ゆっくり引き抜くと、ごぼっと音を立てて精液が溢れ出した。盛田はうつ伏せのまま、開いた脚を閉じることもできずにいた。ただ背中を大きく上下させながら荒い息を整えている。高く盛り上がった張りのある尻肉、その深い谷の底で赤く緩んだ肛門から白い液体が溢れてシーツに広がる。

「だ、大丈夫ですか？」

「……ら、いじょ、ぶっ……ら」

舌足らずな声で返事をしてくれた。

「んっ……く……」

盛田は仰向けになろうとしているが、つま先がシーツを滑るばかりで上手くいかない。下半身から力が抜けてしまったらしい。その間にも脚の間から僕の注いだものが滴り落ちる。大きな尻と太い腿がベッドの上で弾んだ。なんという豪勢な眺めだ。

手を貸してやると、横向きになった盛田に思わぬ強さで抱き寄せられた。腰から下の力は抜けていても、上半身の力は健在なようだ。逆らわずに倒れ込む。

「あっ……ちょ」

「黙ってろ」

「ん、ん……んっ」

あっという間に後頭部を捕まえられ激しく口を吸われた。肉厚な舌が繊細に蠢いて僕を蹂躙する。経験の少ない僕は、すぐに巧みなそれに溺れ、すっかり腰砕けになってしまった。たっぷり数分はそうしていただろうか。満足したらしい盛田がようやく唇を解放してくれた。息が上がってしまった。

「はあ……はあ……」

薄っすら目を開けると、とろんとした眼差しの盛田が僕を見つめていた。唇はぽってりと腫れている。見惚れているとまた唇を奪われた。

「んん……ん」

まだまだ足りないらしい。

「ん、……なんてこと……んっ……してくれんだよ……」

言葉を途切れさせながら何度も口付けられた。

「力入んねえ……んっ……だろうが……んっ」

「す、すみません」

「なあ、ケツ、疼いて堪んねえ、もっかいしよ……ぜ……」

首に腕を回されて正面から囁かれた。盛田のキスですっかり回復していた僕の愚息がそれを聞いてさらにいきり立つ。

ようやく下半身の自由が戻ってきたのか盛田は僕の身体に乗り上げてくる。盛田の股間が一瞬だけ見えた。大量に放出しながらシーツに擦り付けられたのだろう、見事に割れた腹筋も陰毛も精液に汚されて酷い有様だった。それなのに、まだしっかりとそそり立っている。

望むところだ。身体を起こそうとしたところ、キスで阻《はば》まれた。気持ちがいい。盛田はどうしてこうキスが上手いのか。しかし、これではいつまで経っても盛田と繋がることができない。

「も、盛田さん」

「ん、逃げんなよ」

「違いますって」

するとと盛田はちゅっちゅっと音を立てて唇から首筋、胸、臍、腰骨までキスしながら僕の身体を滑り落ちていく。そして、僕の股間にたどり着いた。

「木津さんも、こんなにしてんじゃねえか、逃がさねえぞ」

「あっ……く」

柔らかくて熱い粘膜に包まれた。盛田は大きく口を開けて僕を呑み込んでいる。

「ん……ふ」

無精髭の生えた精悍な頬が、口が、下品に歪む。その光景だけで出してしまいそうになる。ああ、見ると何もない空間に向かって突き出された盛田の尻が物欲しげに揺れていた。ああ、可愛い。早くその場所に思う存分与えてやりたい。しかし、この状態ではどうにもならない。盛田は丁寧に、熱心に、そして実に美味しそうに僕をしゃぶってくれている。腰が溶けそうだ。初めて施されるそれに酷く興奮した。身体からまた青い鬼火が漂い始める。

「かってえ……ん……すげ、……はは、味するわ……」

盛田は淫蕩《いんとう》に笑み崩れ、また僕を貪ろうと大きく口を開けた。赤い舌が亀頭を舐っている。堪らない。

「く……」

腕を伸ばして呪の書かれた和紙を取り、盛田の尻から溢れる僕の精液を拭った。

「あっ……」

盛田が僕を口から出して声を上げる。白い蛇が尻尾を振りながら盛田の尻に入り込むところだった。盛田は何をされたか悟ったらしい。

「ん、ったく……ようやくか……あ……あっ……」

喘いだ盛田が縋り付くように僕の腰を抱きしめる。顔の前にある怒張したそれに気が付くと、盛田は目を潤ませて、また猛然とそれを貪り始めた。上の口と下の口、同時に受け入れさせられてもまだ足りぬとばかりに。

「ん……くっ……っ」

盛田は僕を咥えて離さぬまま、心地よさそうに腰を震わせながら、太く長い白蛇を産み落とす。

「あ！　……はっ」

全て出し切った瞬間、盛田は串を抜かれた焼き鳥のように、くたくたと蹲ってしまった。

それでも僕の亀頭に唇を寄せたままだ。僕が身体を動かすと、取り上げられると思ったのか、盛田が残念そうに眉を八の字にして切なげな声を上げた。

「ん、まだ……」

大丈夫だ。心配しなくとも、これはもう盛田のものだ。

微笑みかけてやる。盛田の丸い大きな尻からはすっかり力が抜けていた。盛田の身体を支えて仰向けにし、脚を開かせた。寂しげにぱくぱくと開閉を繰り返すそこに、容赦《ようしゃ》なく突き入れる。

「はあっ！　……っ……っあ、いく……っ！」

盛田が泣きそうな声で呻く。何度も受け入れ、すっかり覚え込まされたそこは、入れただけで軽く達するようになってしまったらしい。きゅうっと媚びるように締め上げられて、僕も堪らず動きを止めた。気を抜けば、すぐに持っていかれる。

「あ、あ、あ」

絶頂からなかなか降りてこられずにいるそこを、ゆっくりと刺激してやると、それすらも耐え難いのか、盛田は口を開け、舌を出し、だらしない顔で小さく喘いだ。その間にも盛田の直腸は激しくうねり、僕を唆している。

「ん……」

だが、優しい動きに安心したようだ。盛田がまた甘えるように口付けてきた。僕に全てを委《ゆだ》ね、快楽に溺れて、うっとりと微笑んでいる。

「すげ、いい……ん……」

「僕も……です」

「あ、いく……また、いくっ！　……はあ……これ、どうなってん……だ……あっ！」

ほとんど動かしていないが、硬いそれが中を刺激するだけで辛いのか、盛田は眉根を寄せ、また達した。

「ああ……あ、やべ、これ……あ……う、動かれたら……俺、あ……止まらねえ」

鼻を鳴らして度重なる絶頂に言葉を途切れさせながら盛田は泣いた。過ぎる快感にまた不安になったのだろう。ぎゅっと僕にしがみ付く。しかし、そのわずかな動きで、またそこが妖《あや》しく蠢く。僕も限界だ。

「す、すみません……ん……もう、僕……っ」

泣いている盛田に口付けて詫びた。

「……っっ!!　……っ……っ……っ！」

ほんのわずかな刺激も堪え切れないほど敏感になっている場所を、がつがつと容赦なく穿つ。盛田は目を見開いて足を突っ張らせ声にならない悲鳴を上げ続けている。

「う……」

床が抜けて下半身が落ちていくような錯覚に陥るほど、大量に出た。

盛田のそこは一滴も逃すまいと蠢動していたが、やがて、事切れたように動きを止め、同時に盛田の身体からも力が抜けた。

「ん……」

結合部からどろりと精液が流れ出す。荒い息を整えながら盛田を見ると、盛田も僕を見ていた。何も言わずに互いの唇を求める。盛田の舌使いは激しかった。無体を詰るようにも、次を強請るようにも思えるそれに、盛田の中に入れたままの陰茎がまた芯《しん》を持ち始める。

「ん……は……ったく、こんなすげえの続けてたら、俺の尻、一生元に戻らねえだろ。どうしてくれるんだよ」

ようやく僕の唇を解放した盛田は男臭い仕草で鼻を鳴らしながら苦笑した。

「え……？」

一生、盛田は今、一生と言ったのか。

「盛田さん……！」

見ると盛田の耳は真っ赤だ。

僕の方はもう勝手に残りの人生を盛田に捧げる気でいたが、盛田の口から一生なんていう言葉が聞けるとは思わなかった。

喜びのあまり、つい腰を動かしそうになったが、必死で堪えた。盛田は疲れているようだ。

「……っ」

目を開けて盛田の表情を窺った。盛田から一欠けらでも拒絶や不快が見て取れるのなら、先に進んではいけない。それでなくても、行為の真最中はなかなか盛田の発する拒絶のサインを拾い切れないこともある。

盛田が欲しい。これだけしたのに、まだ足りない。呆れられているだろうか。

でも、もしも嫌でないのなら、お願いだから許してほしい。

「盛田さん、僕また勃《た》っちゃって……あの、も、もう一回……したいんですが」

……さすがに、もうちょっと言い方あるだろ！

そう思ったが後の祭りだ。怒らせただろうか。恐る恐る盛田の顔色を窺う。

だが、盛田は微笑み、その目は情欲で潤んでいた。もしかしたら僕以上に。

「しょうがねえな」

え、今のなんかで、いいのか？

正直言ってどこに許してくれる要素があったのか、さっぱりわからない。たった二日間で、もう何度も盛田は僕に許可を与えてくれていたが、あらためて考えると、毎回なぜ許してくれるのか、何が許可をくれるきっかけになったのか謎だ。そもそも、なぜ僕とそういうことをしてくれる気になったのだろう。

「盛田さん……あの、どうしてですか？」

妙な質問だと思った。言葉も足りない。盛田も面食らっている。

僕の性欲は支配欲を伴う醜いものだと盛田は知っているはずだ。時に暴力的なまでに過剰になってしまうことさえあって、盛田を食い尽くそうとする。一皮剝けば僕にも痴漢と同じような抜き身の邪悪さが隠れている。僕が盛田を求める台詞だって酷いものだ。直球で自分本位で野暮《やぼ》ったい。ムードもへったくれもあったものではない。普通なら受け入れようとは思わないだろう。

盛田はややあってから僕の質問の意図がわかったらしい。

「そんなの俺だってヤりてえからに決まってんだろ！」

すぐに豪快に笑い飛ばされた。

「なんでって言われたって俺にもわかんねえよ……ほんと、なんでだろうな？」

少し首を傾《かし》げた盛田は艶めかしい仕草で僕の腰に脚を絡ませながら言った。

「まあ、しいて言うなら、そうさな……木津さんがそうやって俺を見るから、かな」

盛田は照れ臭そうに洟を啜って、僕の額を指で軽く弾いた。

「こんな、ごついおっさんをよ、壊れやすい宝物みてえに……嫌がられてないか、怖がらせてないかって、不安そうな顔で、何発やっても毎回毎回律義になあ……」

だからだよ、盛田は小さく付け加えた。

「……ああ、そっか」

突然腑《ふ》に落ちた。本当に僕は何もわかっていなかった。

呪われていても、いなくても同じだ。

無条件に全てを許されている人なんか、いないんだ。

性欲とは本来身勝手なものだ。普通に考えれば許されるはずがない。身体を他人に預けろと強《し》いるのだから、正気の沙汰ではない。なぜそれが世の中でまかり通るのか理解に苦しむ。他人を尊重しようと思うのなら決して無造作に他人に向けてはいけない欲望だ。だが、それは僕に限った話ではない。誰にとっても、そうなのだ。

呪いに苦しめられながら、ずっと僕は許されたいと願って生きてきた。痴漢は論外としても、誰もが当然の権利として許されているものを、僕だけが許されないのだと思い込んでいた。呪いが消えて誰かに愛されれば、それで全てが許されるはずだと。

性欲を抱くことへの罪悪感から、そして自分を恥じることから解放されたかった。僕の中で暴れる欲望に一生続く免罪符が欲しかった。

しかし、そんなものは元から、どこにも存在しないのだ。

だが、それでも奇跡のように全てを許される瞬間がある。どこまで許されるのか不安になるほど、何もかもが叶えられる瞬間がやってくる。

なぜ許されるのか、理屈はわからない。許す方にだってわかりはしない。

相手がこの人でなければ、今この時でなければ、どの条件が欠けても成立しない。同じ形の鍵で開く扉は二度と現れない。心の底から愛し合い、将来を誓い合った二人であっても、次は拒《こば》まれるかもしれない。

ムードは必須ではない。洒落た誘い文句もオプションに過ぎない。これさえあればいつだって、というような条件もライセンスも、ない。

許されるためには、ただ乞うしかない。

人が人に身体を許すということは、いたって普通で、ごくありふれたことではあるが、一回一回がまさに奇跡としか言いようのないものだ。

そのことを僕は今ようやく理解した。

「ははっ……盛田さん、愛してます」

「ん？　なんだ？　急にどうしたよ。いい顔になったじゃねえか。俺も愛してるぜ」

「僕を受け入れてくれて、ありがとう」

「馬鹿野郎、そりゃ、お互いさまってやつだよ……あっ！」

その時、盛田が眉根を寄せて小さく喘いだ。出し切っても硬いままで、さらに硬くなろうとしている僕のそれが中を刺激して辛いらしい。

盛田は目を逸らす。

「も、いいから……っ早くしろって……」

「盛田さん……！」

盛田が僕を受け入れている。僕を欲している。

呪われたこの僕を。

余計なことを考えている暇はない。人生は短い。目の前には盛田がいる。甘苦しく僕を締め付けながら、待っている。

今がその瞬間だ。奇跡が起きている。

僕は鼻息荒く、また盛田に圧し掛かった。

あとがき

性欲を持て余している七川琴《しちかわこと》です。こんにちは。いつだってエッチな小説を浴《あ》びるように読みたい永遠の思春期です。どうぞよろしくお願いします！

なんと三冊目の本が出せました。三冊とも全てガチムチ受けのＢＬ小説です。書いている間は正気をかなぐり捨て「みんなこういうの大好きだよね!? 私も！」と思い込んで突っ走っているので、冷静になると、ちょっとびっくりしてしまいます。

……ちょっと、嘘でしょ、やったぜ！

それもこれも懐の広いSplush文庫さんと、読んで下さった方々のおかげです。

この作品の原型を考えたのは今から十年以上前で、その頃は、これをこんな形で世に出せるとは、というか自分に本が出せるとは思っていませんでした。感慨深いです。

ちなみにその頃考えていた木津《こづ》は祓《はら》い屋ではなく法医学者でした。いろいろな事情からファンタジーに寄せた方が良いと判断し、呪術を絡《から》ませることにしたのですが、呪術の事など、もちろん何も知らないので、一からお勉強でした。警察についても。めちゃくちゃしんどかったです。世の作家さん達は本当にすごいですよね。毎回こんなことしとるんか。

呪術に詳しい方、あと警察と関西弁に詳しい方はお目こぼしして下さると嬉しいです。完全なる付け焼刃です。すみません。ごめんなさい。

さて、私は愛と性欲が一致する話が好きなのですが、性欲ってやつは考えれば考えるほど野蛮《やばん》で下品で凶暴で、本気で恋愛と組み合わせると、絶対に綺麗なだけでは終われなくて大惨事になったりして、挙句《あげく》の果てに「不潔よ！」と頭を掻《か》き毟《むし》りたくなる、というのは大昔から、ありふれたテーマですよね。

それでも、何の心配も後ろめたさもないセックスと愛で満たされた平和で美しい理想郷を追い求めてしまうのは、たぶん私だけではないと思います。けれど、折り合いを付けるのは本当に難しいです。性欲とがっぷり四《よ》つで組み合う本作を書き終わった今も、正しい答えはわかりません。答えなどないのかもしれません。

しかし、どんなに醜《みにく》く自分勝手でも性欲を伴《ともな》う恋愛が好きなので、こういう話になりました。また本を出せるかどうかはわかりませんが、これからもセックス描写が山ほどある話を書き続けていきたいです。

今回も挿絵を担当して下さった虎《とら》様をはじめ、たくさんの方々にお世話になりました。美麗な表紙もさることながら、中のイラストが本当に素晴らしくて感動しきりでした。

それから、関西弁のチェックを担当してくれた、友達のNちゃん、いつもありがとう！

そして何より、この本を手に取って下さった皆様に、心よりお礼申し上げます。本当にどうもありがとうございました。

七川琴

参考文献

豊嶋泰國（１９９８）『図説　日本呪術全書』原書房

Splush文庫

この本を読んでのご意見・ご感想をお待ちしております。

◆ あて先 ◆

〒101-0051
東京都千代田区神田神保町2-4-7 久月神田ビル7階
㈱イースト・プレス　Splush文庫編集部
七川琴先生／虎先生

祓《はら》い屋《や》・木津恵信《こづけいしん》の荒《あら》ぶる性欲《せいよく》

2019年9月23日　第1刷発行

著　　者　七川琴《しちかわこと》
イラスト　虎《とら》
装　　丁　川谷デザイン
編　　集　藤川めぐみ
発 行 人　安本千恵子
発 行 所　株式会社イースト・プレス
〒101-0051
東京都千代田区神田神保町2-4-7 久月神田ビル
TEL 03-5213-4700　　FAX 03-5213-4701
印 刷 所　中央精版印刷株式会社

©Koto Shichikawa,2019 Printed in Japan
ISBN 978-4-7816-8623-3
定価はカバーに表示してあります。
※本書の内容の一部あるいはすべてを無断で複写・複製・転載することを禁じます。
※この物語はフィクションであり、実在する人物・団体等とは関係ありません。

Splush文庫の本

太いお注射…してください。

気弱な産婦人科医、弓削のもとに下肢からの出血を訴える青年、岩本がやってきた。原因不明の症状に途方に暮れるが、ある可能性に辿りつく。卵巣・子宮を持つ男性——MFUU。そうとは思いもしない岩本は不安と緊張で苛立っていて…。

『ぼくの可愛い妊夫さま』　七川琴

イラスト　ミニワ

Splush文庫の本

『誘惑のボディーガードと傷だらけの数学者』　七川琴

イラスト　ノラサメ

ずっと君を想ってた──。

Splush文庫

ボーイズラブ小説・コミックレーベル

Splush公式webサイト
http://www.splush.jp/
PC・スマートフォンからご覧ください。

ツイッターやってます!!
Splush
Splush文庫公式twitter
@Splush_info